10대들아,
너희 꿈을 응원한다

10대들아,
너희 꿈을 응원한다

김완수 지음

해피 앤 북스

인천해사고 교사 **강선미**

한 구절 한 구절이 참 마음에 와 닿았다. 꿈을 키워야 하는 나이에 공부에 치어 성적에 좌절하고, 절망하고 포기하는 학생들이 많다고 한다. 교육이 개편 되고 선진국 형 창의적인 수업을 한다고 하지만, 재능을 발견하고 개발해야 하는 나이에 대학을 가기 위한 공부만 하는 학생들의 모습은 여전히 내가 학교 다닐 때와 별반 다르지 않은 것 같다. 꿈이 없는 청소년들이 다수인 현실! 꿈이 있다고 해도 똑같은 교육과정에 매여 성적을 중시하는 교육을 받는 청소년들은 그 꿈을 피우기도 전에 포기하는 경우도 많다. 그런 청소년들에게 이 책은 보약 같은 선물이다. 이 책을 통해서 위로 받고 다시 나아갈 수 있는 힘을 얻기 바란다.

안녕, 쉽사리 물러갈 것 같지 않았던 겨울의 차가운 세찬 바람도 사라지고 드디어 개나리와 목련이 화사한 자태로 미소 지으며 봄 향기를 날리고 있구나. 하지만 너희들은 공부의 중압감 속에서 바쁜 나날들을 보내고 있겠지. 필자도 너희들과 똑같은 입시지옥을 겪었고 수년간 고등학교 교사생활을 하며 제자들의 그런 모습을 보았고 아들의 입시준비 과정을 곁에서 지켜보았기 때문에 누구보다도 너희들의 심정을 잘 알고 있다.

지나간 교사시절을 돌이켜보면, 학생들이 견디기 힘든 어려운 시간을 보낼 때 따뜻한 위로와 격려의 말 한마디 제대로 해주지 못하고 성적을 올리라고 입버릇처럼 강조하던 일들이 가장 후회가 되는구나. 어떤 학생도 몰라서 공부 안 하는 것이 아니고 하고자 해도 맘대로 안 되어 누구보다도 괴로워하건만 그런 마음을 헤아리지 못하고 압박감을 더욱 가중시켰던 내가 아니었나 싶구나.

최근에 친척 고등학생을 가르치며 다시 한 번 대입준비로 힘들어하는 모습을 절감하고 이 글을 쓰고자 하는 마음을 먹게 되었다. 많은 선생님들이나 부모님들이 날마다 목에 힘을 주어 조언을 하지만, 심신이 지친 10대의 학생들은 이를 짜증나는 잔소리로 여기기 때문에 그들에 대한 반감만 커지고 있는 현실을 안타깝게 생각하며 그러한 심리적인 악순환을 피할 수 있는 방법으로 50여 편의 위로와 조언의 편지들을 너희들에게 바치게 되었다.

현실적으로 10대의 학생들은 교과서와 참고서를 읽기에도 벅차다는 것을 감안하여 주로 경구적이고 시적인 표현의 서간체를 택하여 최대한 짧은 글로 표현하였고, 내용은 학생들의 다양한 애로사항과 10대에 꼭 알아야만 할 것들을 개별적인 제목으로 다루었다. 입시위주의 단편적인 지식 교육의 문제점을 보완하여 전인적인 인격형성에 긴히 필요한 항목들을 포함시켰다. 글의 종반부에는 10대 때의 진솔한 경험담을 담은 일부 대학생들의 편지를 소개하였고, 또한 편지마다 세계적 명사들의 명언을 추가하여 글의 공감대를 넓히고자 했다.

교과서와 참고서 읽기도 바쁜데 무슨 책을 읽느냐고 반문할지 모른다. 하지만 편식을 하는 사람에게 비타민이 필요하듯이 편중된 지식교육으로 정신이 지친 자에게는 마음의 양식이 필요하다. 바쁘고 지쳤을 때라도 틈틈이 잠시라도 마음의 양식을 먹으면 피로가 회복되고 정신의 활력을 되찾는데 도움이 될 것이다. 무엇보다도 평소에 양서를 통해 꾸준히 마음의 양식을 먹으면 영혼이 풍성하고 성숙해질 뿐만 아니라 언제나 지치지 않는 정신적 활력을 유지하게 된다. 부디 이 글이 여러분에게 약간의 정신적 보약이 되기를 간절히 바라며 학업의 건투를 빈다.

끝으로 이 글은 2009년 〈10대에게 바치는 편지〉라는 책으로 나온 글을 다소 수정 보완한 것이다. 다시 출간하게 된 계기는 이 글의 일부가 중학교 교과서 『도덕 2』(미래엔출판사, 2011년)와 고등학교 교과서 『생활과 윤리』(미래엔출판사, 2014년)에 실리는 등 독자들의 뜨거운 관심에 보답하기 위해서임을 밝힌다.

저자 김완수

제1장

네 꿈을 응원한다

제2장

꿈을 향해 달려가는 10대에게

네 꿈을 응원한다

#서시

요즘 힘들지?
잠시 창밖을 보며
심호흡을 해보렴
그리고 따뜻한 차 한 잔을
마셔보렴

아무리 힘들어도
조금만 참고 기다리자
이 순간도
어둡고 힘든 터널을
통과해 가는 중이니까

어차피 가야할 길이라면
힘겹고 지루하다고
투덜대지 말자
짜증내지 말자
지금까지도 잘 참아 온 것처럼

조금만 더 참고 기다리자
멋진 너의 미래를 위해
잠시 후 정녕 통과해버릴 길이니까
그리고 널 사랑하는 엄마가
언제나 네 곁에서 기도하고 있으니까

Courage! suffering when it climbs highest, lasts not long.
용기를 내라! 최고까지 기어오른 고통은 오래 가지 않는다.
- Aeschulus -

#시험 망친 날

아 짜증난다
아무하고도 말하기도 싫다
어느 인간이 시험을 만들었을까
시험 없는 나라로
날아가고만 싶다

너의 아린 가슴 속을
어찌 다 알랴마는
유난히 힘 없는 눈동자와
축쳐진 두 어깨가
엄마의 가슴을 절이게 하는구나

내 눈치 볼 것 없이
울고 싶으면 펑펑 울어라
소리치고 싶으면
목청껏 질러라

시험이 뭐길래
꿈 많은 너의 가슴을
산산이 찢는단 말이냐

힘내라 아들아
네가 늘 말하듯이
시험이 인생의 전부는 아니잖니

시간이 좀 지나면
통증이 가라앉을 거야
캄캄한 먹구름과
사납게 몰아치는 천둥 번개 비바람도
시간이 좀 지나면
사라져버리잖니

마음의 눈을 뜨고
머지 않아 분명히
먹구름 뒤에서 비쳐올
밝은 태양을 바라보자
찬란한 미래를 바라보자

After the rain comes the fair weather.
비 온 뒤에 맑은 날이 온다.
- Aesop -

달려도 달려도 제자리

엄마
난 아무래도 머리가 나쁜가봐
열심히 노력해도 잘 안 돼
별로 노력은 안 해도
성적은 잘 오르는 친구들도 있는데

아들아
넌 어릴 때부터
머리가 좋았어
기억력이 뛰어나서
엄마가 깜짝 깜짝 놀랐거든

그런데 왜
달려도 달려도
제자리 걸음이지?
뒷걸음을 치지 않나

아들아
거센 물살을 오르는
물고기를 본 적 있니?
계속 몸부림을 치며
온 몸을 흔들지
잠시만 가만히 있어도
한없이 아래로 떠밀려 가지

치열한 경쟁의 물살에서는
제자리를 지키고 있기도
몹시 힘든 거야
친구들도 알고 보면
대단한 노력을 하고 있기 때문이란다

아들아
전력을 다해 힘을 쏟아봐라
가파른 물살을 가르고
힘차게 솟구쳐 오르는 연어들처럼

최선을 다한 후
제자리에 있거나
뒷걸음질을 친다 해도
낙담하지는 마라
솟구쳐 올라갈 수 있는 근육이
점점 강해지고 있는 중이니까

Adversity makes a man wise, though not rich.
역경은 인간을 부유하게 만들지는 않더라도 현명하게 만든다.
- Thomas fuller -

#시험은 불구덩이

다음 주는 모의고사
그 다음 주는 중간고사
입술이 바작바작 타고
가슴이 터질듯이 조여오고
머리엔 쥐가 난다
그래도 버티며
자정이 넘도록 열공한다

시뻘건 불구덩이가
성난 호랑이처럼 입을 벌리고
포효하며 다가온다 다가온다
아 - 악 !

아들아 악몽을 꿨나보구나
이제 그만 자리에 누워
편히 자거라

너무너무 무서워요
하마터면 불구덩이에 먹혀
죽을 뻔 했다고요
이게 다
지긋지긋한 시험
때문이에요

아들아, 딱하지
요즘 시험 스트레스가 심한 것 같구나
그래도 어찌 하겠니
조금만 더 참자
좋은 결과 꼭 있을 거야

비싸고 소중한 금반지도
그냥 만들어지진 않는단다
뜨거운 용광로 속을
여러 번 들락거리며
불순물을 태우고 또 태워야
순금으로 태어나는 것이란다

아들아
지금은 너무 힘들고 괴롭겠지만
조금만 더 참고 힘을 내다보면
순금처럼 빛나게 될 그 날이
기어이 기어이 올 것이다!
자랑스런 그 날이!

#사고뭉치

죄송해요
항상 속만 썩혀드리고
공부도 잘 못하면서
말썽만 피우기 일쑤니
우리 집의 걱정거리
사고뭉치
장애물인 것 같네요

아니다 아들아
아빠가
때로는 속이 상해
화를 내기도 하고
몹쓸 말을 하기도 하지만
속마음은 다르다는 걸
알아줬으면 좋겠다
파도가 심한 바다도
깊은 물속은 고요하다고 하잖니

넌
누가 뭐래도
내가 이 세상에서 받은
가장 위대한 선물이란다

그 어떤 보석이
아무리 찬란하게 빛나도
해맑은 미소가 없으며
따뜻한 마음이 없잖니

넌
내 곁에서
숨쉬고 있는 것만으로도
내 삶의 기쁨이고 희망이다

건강하게 자라며
맘껏 네 꿈을 펼치며
지금처럼 내 곁에서 머물며

기쁨과 아픔을 함께 나누자
다만 후회를 줄이기 위해
매사에 조금 더 노력하자

Every heart has its own ache.
누구의 마음에도 그 나름의 고통이 있다
- Tomas Fuller -

#죽고 싶어요

성적은 점점 내려가고
수업 중엔 졸음만 쏟아지고
선생님들과
친한 친구들마저 무시하니
이젠 더 이상
살 수가 없어
나같이 쓸모없는 인간은
죽어야 돼

아니야 아들아
넌 누구보다도
살만한 가치가 충분히 있어
너에겐
노인이 억만금을 줘도
살 수 없는 젊음이 있고
죽음을 앞둔 환자가
그 무엇으로도 얻을 수 없는
건강이 있잖니

아들아
넌 어떤 값으로도
계산할 수 없는
보물덩이야
눈 하나는 얼마이며
평생 뛰는 심장은
얼마나 갈까

지금 이 순간도
숨만 편히 쉬었으면
한 쪽 눈만이라도 있었으면
한 쪽 손만이라도 있었으면
원이 없겠다고 신음하는
수많은 사람들이
널 부러워하고 있단다

고등학생이라는 그것만으로도
여러 가지 형편상
다니지 못한 수많은 사람들이
널 부러워하고 있단다
그리고 엄마 아빠가

널 얼마나 사랑하는지 알아?
우등생이 되지 못해도 좋으니
건강하고 성실하게만 살아다오
다시 희망의 날개를 펴라

Hope is the parent of faith.
희망은 믿음의 아버지이거나 어머니이다.
- C. H. Bartol -

#우린 돌 머리 집안인가봐

엄마도 머리 나쁘고
아빠도 머리 나쁘지?
그러니까 나도 공부 못하지
우린 돌 머리 집안인가봐

아들아
그런 게 아니란다
사람은 모두 천재로 태어난다
다만 서로 다른 재능이 숨어있는
천재로 말이야

엄마
내가 아직 어린애인 줄 알아?
그런 말을 믿게

엄마가 왜 거짓말을 하겠니
숨겨진 재능은 씨앗과 같아서
잘 키우지 않으면
무용지물이 될 수도 있지만

제 때에 효과적인 방법으로
잘 키우면
수많은 아름다운 꽃과 열매를 맺는
위대한 거목이 될 수도 있단다

아들아 이제부터는
열등감을 버리고 자긍심을 가져라
너에겐 그 누구에 못지않은
보물 같은 씨앗이 있으니까

다만 멋진 꽃을 피우려는 간절한 열망과
혼신의 노력이 필요할 뿐이야
천재는 99%의 땀과 1%의 영감으로 된다고
에디슨은 말했잖아
엄마는 네 안에 있는
위대한 능력을 믿는다!!

Genius is patience.
천재는 인내이다.
- G. L. Buffon -

#시험 후 여행

아들아
바닷가에 오니까 좋지?

네, 너무 좋아요
답답한 가슴이
뻥 뚫리네요

그 동안 시험으로 쌓인 스트레스
드넓은 바다에 다 던져버려라
그 동안 가슴 깊이 쌓인 온갖 찌꺼기들
밀려오는 파도에 다 씻어버려라

네 알았어요
그런데 아빠
거친 파도 좀 봐요
파도는 멀리서 바라보면 멋있는데
가까이에서 보면
왜 무서울까요?

어떤 두려운 것들도
나와 상관없이 멀리 있을 땐
낭만적으로 보일 수도 있지만
자신에게 가까이 닥쳐오면
대개 무서워지기 십상이야

하지만 사람마다 다르단다
수영을 못하는 사람에게는
파도가 공포의 대상이겠지만
파도타기를 하는 사람에게는
즐거운 놀이감이기도 하지

아들아
피할 수 없는 공부와 시험이라면
용감히 맞서서 즐겨보아라
결과를 미리 두려워하지 말고
해낼 수 있다는 자신감으로
최선을 다해 맞서보아라
그러다 보면 몰랐던 재미와 보람도
생기게 될 거야

Every difficulty yields to the enterprising.
모든 곤란은 진취적 기상에 항복한다.
- J. G. Holman -

정말 학교 다니기 싫어요

아들아, 빨리 나와
학교 가야지?
……
어디 아프니?
뭐 하고 있어?

학교 다니기 싫어요
이젠 정말 지긋지긋해요
새벽부터 밤중까지
학교, 학원, 과외
어제도, 오늘도, 내일도
이건 사는 게 아니고 죽음이죠

그래도 학교는 가야지

그래도 그래도
학교 학교 공부 공부
심장이 터지고
머리가 돌 것만 같다구요

자유 자유 자유를 달라구요

요즘 네가 너무 힘든가보구나
엄마가 몰라줘서 정말 미안하다
지금 학교를 그만두면
며칠 간은 좋겠지만
그 후엔 뭘 할까?
……
몰라요 몰라요
생각하기도 싫다구요

아들아, 하늘에 나는 연을
어릴 때 본 적 있지?
하루는 연줄에 매달린 것이 답답해
줄을 끊고 자유롭게 날고 싶었대
잠시 동안은 제멋대로 날 수 있어
기분이 좋았대
하지만 얼마 후에 날바닥에 떨어져
박살이 났대

연이 줄에 매달려 있을 때
푸른 창공을 날 수 있듯이
너도 답답하지만
학교, 공부의 줄에 매달려 있을 때
찬란한 꿈의 하늘을 날아오를 수 있을 거야

The foolish man seeks happiness in the distance,
the wise grows it under his feet.
미련한 자는 먼 곳에서 행복을 찾고,
현명한 자는 자기 발밑에서 행복을 키운다.
- James Oppenheim -

#외로운 투쟁

책상 앞에 앉아 있는
이 순간
엄마도 아빠도 동생도
가족이 아니다

난
조그만 보트를 타고
홀로 망망대해를
노 저어 간다

시험이 태풍처럼 몰려오고
공부할 거리는
험난한 파도가 되어
조그만 보트를
삼키려 한다

난 기진맥진
녹초가 되어
혼미한 정신으로
간신히 노를 잡고 있다

배는 방향을 잃고
이리저리 흔들리며
뒤집히려 한다

그 때
가슴에 들려오는
한줄기 세미한 음성

아들아 힘 내라
내가 너를 사랑한다
험난한 파도가 유능한 뱃사공을
만드니 조금만 더 참고 기다려라

나는 무의식 중에
두 손에 힘을 주어
노를 다시 젓는다

There can be no rainbow without a cloud and storm.
구름과 폭풍 없이는 무지개가 만들어질 수 없다.
(고통이나 시련 없이는 귀중한 것을 얻을 수 없다)
- J. H. Vincent -

#작심삼일인 내가 미워요

꾸준히 열심히
공부하고 싶어요
하지만 다짐하고 또 다짐해도
며칠이 못 가서
계획표는 휴지조각이 되죠
이런 내가 미워요

아들아
너무 자책하지마
계획대로 살지 못 하는 건
대부분의 사람이 다 그래
나쁜 습관의 뿌리가
우릴 붙잡고
놔주지 않기
때문이야

습관은 좋건 나쁘건 간에
하루 이틀에 생기지는 않지만
한 번 뿌리 내리면
통제하거나 없애기가
쉽지 않게 되지

이제부터는
과중하지 않은 적절한 계획을 세우고
몇 가지 실천 가능한 행동을
날마다 시간을 정해 놓고
반복하도록 해봐라

처음엔 짜증나고 성과가 적어도
정해진 시간만큼은
그 자리에서 버티도록 해라
날마다 꾸준히 견디다 보면

너도 모르게
나쁜 습관의 이파리는 시들고
새로운 재미와 보람의 가지가 돋아나며
원하는 습관의 뿌리들이 조금씩 내릴 거야

다만 실뿌리가
굵은 뿌리로 굳건하게
자리 잡을 때까지는
단호한 의지와 인내심으로
긴장을 늦춰서는 안 돼
편안한 과거의 습관으로
돌아가려는 관성이
수시로 너를 유혹할 테니까

Patience and perseverance have the magical effect before
which difficulties disappear and obstacles vanish.
인내와 끈기는 모든 어려움과 장애물을 사라지게 만드는
마법 같은 효력이 있다.
- John Quincy Adams -

#왜 성적으로 사람을 취급하죠?

선생님들과 부모님은
왜 성적으로 사람을 취급하죠?
성적이 좋으면 특별 대접하고
성적이 나쁘면 무시하기가
일쑤에요

난 사람이지
성적이 아니라구요
성적을 만들어내는
기계도 아니구요
제발 인격을 존중 받는
사람 취급 좀 해달라구요

미안하다 아들아
정말 잘못했다
나도 모르게
어려서부터 성적을
지나치게 강조한 것 같구나

매일매일 들으면서도
여러 해 동안
무던히 견뎌준 네가 고맙다

사람의 인격은
나무와 같아서
어느 한쪽 가지만 중요한 게 아닌데
우리나라에서는
지적인 방면의 가지만
유난히 중요시 하는 경향이지
엄마도 그런 교육을 벗어나지 못 했어

잘못된 현실을 알면서도
내 아들이 경쟁에 뒤지는 것 같아서
눈앞에 보이는 성적만 중요시하고
상처 받는 네 마음을 헤아리지 못 했어

정직과 사랑과 책임과 같은
다른 여러 가지들도
지적인 가지에 못지않게 중요하고
함께 잘 키워서 어울리게 해야
어느 한쪽으로만 기울지 않은
멋지고 훌륭한 나무가 된다는 것을
뼈저리게 깨닫지 못 했던 거야

이제부터는
성적으로만 너를 보지 않도록 애쓸 테니
너도 성적 때문에 지나치게 상처받지 말고
그렇다고 소홀히 하지도 말아라

Character is like a tree and reputation is its shadow.
The shadow is what we think of it ; the tree is the real thing.
인격은 나무이며 평판은 그 그림자이다.
그림자는 상상 속에 존재하는 것이며 나무는 실존하는 것이다.
- Abraham Lincoln -

공부는 도대체 왜 해야 되나요?

날마다 공부 공부 공부 공부
근데 공부는 도대체 왜 해야 되나요?
취직을 위해서
아님 돈 벌기 위해서요?

그런 것들도 중요한 이유지만
무엇보다도 인격을 계발해서
너 자신은 물론 다른 사람들과
행복을 나누며 살기 위해서야

그런데 인격엔 여러 가지 재능과 능력이
씨앗처럼 들어 있어서
제 때에 적당한 방법으로 키우지 않으면
그것들이 자라서 꽃을 피우고 열매를 맺지 못해

농사도 봄에 씨를 뿌리고
여름에 무성하게 키워야
가을에 풍성한 곡식을 거두게 되듯이

너에게 지금은
열심히 씨앗에 물을 주고
가꿔야 할 때인 거지

봄에 때를 놓치고
가을에 가서 씨를 뿌린다면
아무리 노력한다 해도
고생만 했지
좋은 열매를 거둘 수가 없잖아

엄마는 그런 것을 잘 알기에
때를 놓치고
뒤늦은 후회를 하지 말라고
공부 공부하는 거란다

Happiness is a byproduct of
an effort to make someone else happy.
행복이란 타인을 행복하게 해주려는 노력의 부산물이다.
- G. Palmer -

진짜 성공이 뭐죠?

공부 잘 해서
명문대학 가서
대기업에 취직하는 게 성공일까
아님 공부는 잘 하든 못하든
돈 많이 버는 게 성공일까

엄마는 공무원이 되는 게
최고라고 하고
아빠는 돈 많이 버는 게
최고라고 하니
정말 헷갈린다

정환아
색안경을 써본 적 있니?
빨간색 안경을 쓰면
세상이 빨갛게 보이고
파란색 안경을 쓰면
세상이 파랗게 보이지

사람마다
가치관이 달라서
성공을 바라보는
안경색도 제각기 다르단다

돈을 중시하는 사람은
돈의 안경을 쓰고
돈으로 성공을 판단하고
명예를 중시하는 사람은
명예의 안경을 쓰고
명예로 성공을 판단한단다

어느 안경이 최고 훌륭하다고
규정하기는 어렵지만
선생님은 사랑의 안경을 권하고 싶다
어디에서 무슨 일을 하든
사랑의 눈으로 바라보고
함께 하는 자들과 서로 도우며
기쁨과 의미를 만들고 나누는 삶이
진짜 성공이 아닐까

#뭐 땜에 살아요?

눈만 뜨면
공부 공부 공부
사람은 뭐 땜에 살아요?

나도 고등학교 때
그게 궁금해서
선생님께 물었더니
시간 있으면
영어 단어 한 개라도 외우라고
핀잔을 주더라

아버지께 물었더니
내가 그걸 알면
농사를 짓겠느냐고
쓴웃음을 지으셨지

오랜 세월
그 질문은 답을 얻지 못한 채
가슴 속을 맴돌며
수많은 가슴앓이를 겪은 후에

사랑을 위해 산다는
답을 얻게 되었다
공부도 취직도 돈도
결국은 사랑을 위해
필요한 것들이라는 걸
알게 되었지

자신과 가족만이 아니라
많은 사람들과
보다 크고 아름다운 사랑을
나누는 삶을 위해서
많은 능력과 재능을 키우는 공부는
미래의 멋진 사랑을 위해
너무나 소중하고 의미 있는 준비인 거야

Love is life's end, all joys, all sweets, all happiness.
사랑은 삶의 목적이고, 모든 기쁨이며,
모든 유쾌한 것이고, 모든 행복이다.
- Gles Flecher -

#게임 좀 실컷 하게 해주세요

아직도 컴퓨터 하니?
제발 좀 끄고 공부 좀 해라

얼마 하지도 안 했는데
공부하라는 잔소리
지긋지긋해요
며칠 간 아니 몇 시간이라도
게임 좀 실컷 했으면 좋겠어요

아들아
공부가 재미없다고
자주 게임만 하다보면
공부는 점점 하기 싫고
게임에만 빠지게 된단다

감각적인 쾌감은
흥분적인 자극을 통해
좀 더 강한 자극을
지속적으로 요구하며

점점 깊은 중독의 늪으로
끌고 들어가서

이성을 서서히 질식시키고
통제력을 빼앗아버리고
주인을 감각의 노예로
만들어버린단다

아들아
넌 똑똑하니까
노예가 되기를 원하지 않을 거야
교활한 감각의 유혹을
수시로 경계하며
지혜로운 이성(理性)의 탑을
더 높게 쌓아라

We could never learn to be brave and
patient if there were only joy in the world.
세상살이에 즐거운 일만 있다면,
우리는 용기와 인내를 배울 수 없다.
- Helen Keller -

#차라리 멋진 가수가 될래요

아빠
전 아무래도
공부 체질이 아닌가봐요
힘들고 지겨운 공부로 성공하기보다는
차라리 멋진 가수가 될래요

아들아
공부 잘 하기가
쉬운 게 아니듯이
가수가 되는 것도
그에 못지않게
어렵단다

밤바다를 밝히는
멋진 등대도
그곳에 도달하려면
험난한 바다를
건너야 한다

때로는 비바람을 견뎌야 하고
때로는 세찬 파도와
싸워야 한다

이 세상에
소중하고 빛나는 어떤 것도
쉽게 얻을 수 있는 건
아무 것도 없단다

바닷가에 뒹구는
하찮은 조약돌 한 개도
숱한 세월
거센 파도와 싸운 끝에
만들어진 것이란다

어떤 꿈을 꾸든
고통이 따르지 않기를 바라기보다
고통을 이길 수 있는 인내와 지혜를 구하며

끊임없이 노력할 때만
그 꿈을 이룰 수 있다는 걸
잊지 말아라

The greater the difficulty, the greater the glory.
고난이 클수록 영광도 크다.
- Cicero -

#교과서와 참고서만 먹고 사는 벌레

눈만 뜨면
학교에서나 집에서나
쉴 새 없이 먹는 음식
때로는 너무 먹어서 지겹고
때로는 맛이 없어서 토할 지경이다

몰래 딴 음식을 먹고도 싶지만
감시하는 시선이 너무 많기도 하고
먹을 시간마저 별로 없어
너무너무 슬퍼 죽을 지경이다

이제는 마음의 영양실조로
감정의 기름마저 메말라 버리고
영혼의 불씨마저 꺼져가고 있지만
오늘도 여전히 지겨운 음식만
눈앞에 가득하다

그래도 선생님과 부모님은
빨리 먹으라고
많이 먹으라고
재촉하신다

아 누가 내 영혼의
신음의 절규를 들어줄까
죽어가는 내 영혼에
생기를 넣어줄까

이 때 창밖에서 들려오는
어머니의 흐느끼는 기도소리가
내 영혼의 절규를
감싸 안는다
감싸 안는다

Difficulty is a severe instructor.
곤란은 가혹한 스승이다.
- Edmund Burke -

너무너무 외로워요

전 가족도 있고
친구들도 있지만
언제나 혼자 있는
외로운 섬이에요

엄마와 아빠와는
대화가 끊어진지 오래 됐어요
가슴을 찌르는
칼처럼 날 선 말이나
폭탄처럼 속을 뒤집고 박살내는
몇 마디 말이
하루에 전부랍니다

친구들도
항상 왕따를 시키며
싸늘한 무시와 비웃음만을 보내와
웃고 떠드는 분위기가 될수록
더욱 더 비참하고 슬픕니다

오직 제 곁엔
입시에 대한 중압감만이
먹구름처럼 감돌며
답답한 가슴을
옥죄인답니다

선생님도 가슴이 너무 아프구나
힘들고 어려울 때
때로는 하소연도
때로는 불평도 할 수 있고
받아줄 수 있는 사람이 있어야
고통도 슬픔도 덜 수 있을 텐데

지금까지 견뎌온 네가
대단하구나
그 동안 얼마나 힘들고 외로웠니
앞으로는 힘들고 외로울 때
선생님을 찾아오거나
문자나 메일을 보내라

부모님께 야단을 맞을 때는
강하게 맞서서 대항하지 말고
네 뜻과 달라도 잘 들으려고 애써라

참기 어려울 만큼 속이 상할 때는
어린아이처럼 울거나 어리광을 부리며
네 속마음을 털어놔봐라

부모님이 누구보다도
널 사랑하고 있다는 걸
알게 될 거야

친구들이 멀리할 땐
네가 먼저 미소를 지으며 다가가
말을 걸거나 도움을 청해봐라

대화를 나눌 땐
자존심을 내세우며 이기려 하지 말고
상대의 이야기를 존중하며 잘 들어라

마음을 열고 진심으로 다가가면
친구들도 차츰 너의 마음을
받아주게 될 거야
처음엔 어색해도 포기하지 말고
꾸준히 어울리려고 노력해라

Treat your friends as you do your best pictures,
and place them in their best light.
당신의 가장 소중한 사진을 다루듯이 친구들을 대하라
그리고 그들이 가장 돋보이게 하라.
- Jennie Jerone -

#재미를 위해 살 거예요

공부 못 하면 어때요
내 멋대로 살며
재미만 있으면 되지요
재미도 없고
힘들기만 한 공부를 뭐 땜에
기를 쓰고 해야 하는지 모르겠어요

아들아
재미있게 사는 건
누구나 좋아하지만
인생에 재미만 있을 수는
없는 것이 문제란다

아무리 좋아하는 일도
잘 하거나
꾸준히 오래 하는 건
쉬운 일이 아니야

힘든 것을 피하고

재미만 너무 좋아하다보면
점점 일이 하기 싫고
게을러지게 된단다

인생은
두 개의 둑이 있는
강과 같아서
즐거움과 고통이
수시로 바뀌어 흐르는 거란다

고통이 밀려올 때는
피하고 싶거나
견디기 힘들 수도 있지만
나쁘기만 한 건
아니란다
즐거움이 도저히 줄 수 없는
인내와 지혜의 보석을
주니까

#십대에게도 심장은 있다구요

왜 이렇게 힘들고 아프고
자존심 상하면서
살아야하는 것일까

수많은 질문을 던져보지만
대답해주는 이는
아무도 없다
나를 이해하고 감싸주는 사람은
아무도 없다

나에게 아무리 묻고 또 물어도
나는 대답해주지 않는다
두렵다 두려워 미칠 지경이다
가슴속에 깜빡이는 형광등이
곧 꺼져버릴 것만 같다

네가 이렇게 힘들어 하는 줄은
정말 몰랐다
엄마는 너만 보면
공부 공부만 주문처럼 되뇌이며
너를 공부하는 기계처럼
학대하고 말았구나

네 심장이 이다지도 아프고
공허하고 외로운 줄을
몰랐으니
엄마는 이웃집 아줌마보다도 못했구나

이제부터는
힘겨운 삶의 문제들을
엄마와 함께 손잡고 풀어 가자

엄마가 너무 부족해서
명쾌한 답은 주지 못할지라도
언제나 마음을 비워놓고
너의 이야기를 편안히 담아줄 게
사랑한다 내 딸아
엄마 품에 안겨보렴

Thus after a season of tears a sober and
softened joy may return to us.
눈물의 계절 후엔 차분하고 부드러운 기쁨이 돌아올 것이다.
- Amiel -

#세상이 다 썩었어요

대통령, 국회위원부터
나라에 잘 났다는 사람들
모두 비리로 썩어서
이 나라의 장래가
캄캄하고

입시정책마저
해마다 바뀌고
청년실업이
해마다 늘어가는
소용돌이 속에서

무엇 땜에
입시지옥에서 시달리며
피어나는 꽃망울을
터뜨리기도 전에
무참히 죽어가야 하죠?

아들아
네 말대로
이 땅이 부패로 썩었다 해도
그걸 불평하며 비관하지 말자
그렇게 한다고 썩은 악취가 사라지거나
덜해지지 않을 테니까

오히려
너 같은 젊은이들이 분발하여
이 땅의 부패를 갈아엎고
정의의 뿌리를 내리는 데
앞장서는 게 좋지 않겠니?

냄새나고 칙칙한 쓰레기 더미 위에서 핀 꽃은
이 땅의 모든 이들에게
기쁨과 희망의 빛을
더욱 고귀하고 아름답게
던져줄 것이다

Great hopes make great men.
위대한 희망은 위대한 인물을 만든다.
- Thomas Fuller -

#자살하고 싶어요

성폭행도 당한 적 있는데
요즘 남친한테 차여서
우울증이 심해졌어요
더 이상 살고 싶지 않아요
이런 더러운 인간은 더 이상
살 이유가 없는 것 같아요

너무 힘들겠구나
하지만 죽음은 최후의 선택이므로
냉정히 판단할 시간을 갖은 후
결정해도 늦지 않아

성폭행에 대한 죄책감은
버려라
가해자가 더러운 죄인이지
네 잘못은 없으니까

아픈 기억은 시간이라는 약이
차츰 치료해줄 테니

재미있는 다른 일이나 취미로
관심을 돌려라
이따금 아픈 기억이 괴롭힐 때는
미친 듯이 노래도 불러보고
춤도 춰 봐라

지금 혼자서 내리는
성급한 판단은 금물이야
우울증으로 지배당하는 이성(理性)은
매사에 부정적인 판단을 내리지만
스스로는 전혀 느끼지 못 하기
때문이지

헤어진 남친의 아픔은
시간이라는 약이
곧 치료해줄 것이고
많은 다른 사람들도
그런 아픔을 겪으며
인생을 살아간다는 걸
헤아려보아라

누가 뭐래도

하나 밖에 없는 생명은
소중한 거야

지금 견디기 어렵게 힘들어도
아픔을 이기기 위해
더 몸부림치며 노력해보고
마지막 결정을 해도
절대 늦지 않으니
시도도 안 해보고
포기한다면
너무 억울하고 분하지 않니?

Waste not fresh tears over old griefs.
지나간 슬픔에 새 눈물을 낭비하지 마라.
- Euripides -

#여친 땜에 공부가 안 돼요

내가 왜 이러지
내일 모래가 시험인데
공부에 집중이 전혀 안 되고
그녀의 동영상만
머리에 돌아가고 있으니!

다시 마음을 다잡고
집중을 하려 하지만
채 몇 분도 가지 않아
휴대폰에 문자를
적고 있다

이러면 안 돼 안 돼 하면서도
그녀의 포로가 되어
귀중한 시간만 죽이고 있다
어찌해야 공부에 집중할 수가 있을까

아들아
너무 괴로워하지는 말아라

너 같은 사춘기 때에는
누구나 이성 친구 때문에
가슴앓이를 한단다
없어도 고민이고
있어도 고민이지

사랑은 갑자기 일어나는
폭풍 같아서
가슴속을 온통 뒤흔들고
이성(理性)을 빼앗아 가기가
십상이란다

그러한 폭풍의 소용돌이 속에서
이성(理性)을 굳건히 붙잡고
공부에 전념하기 위해서는
여자 친구에게 너의 사정을 알리고
당분간 만남과 연락의 횟수를 줄여서
거친 폭풍의 바람이 누그러지도록 애써라
눈에서 멀어지면 마음도 멀어진다고 하잖니

도저히 견디기 어려울 땐
좋아하는 운동을 땀이 흠뻑 나도록 하거나

목청껏 노래를 불러보아라

그녀를 향한 관심과 에너지를
딴 곳으로 돌리다 보면
어느새 폭풍이 잔잔해지고
이성이 제 기능을 되찾아
공부에 집중할 수가 있게 될 거야

중요한 시험이 지날 때까지
당분간 교제를 보류하는 거니까
너무 불안해하거나 염려할 필요는 없어
그녀도 너의 마음을 이해하고
네가 잘 되기를 기도해줄 거야

True love is the ripe fruit of a life time.
참 사랑은 평생 익는 과일이다.
- Lamartine -

#나는 왜 이렇게 키가 작죠?

친구들도 무시하고
어디 가면 초딩인 줄 아는
사람들도 있고
여자들은 거들떠보지도 않으니
자존심 상해서 못 살겠다

남들은 잘만 크는데
나는 왜 이렇게 못 크는 걸까
엄마도 작고 아빠도 작으니
그럴 수밖에 없는 운명이겠지

미안하다, 아들아
맘이 많이 아프겠구나
엄마도 너 못지않게
맘이 아프단다
남보다 더 크고 잘 생겨서
자랑스러워하는 모습을
보았으면 더 좋았을 텐데

하지만
무엇보다도 중요한 건
어쩔 수 없는 것 때문에
고민하고 괴로워하지 말고
발전 가능한 것을 위해
노력하는 거야

아무리 탁월한 외모도
늙어갈수록 아름다운 빛깔을 잃게 되지만
내면은 무한한 발전 가능성이 있는
보물창고와 같으니
외모가 잘났다고
청춘의 한 때 뻐기기보다는
내면의 재능과 능력을
부지런히 갈고 닦아서
나이가 먹을수록
많은 사람들로부터 인정받고
존경 받는 것이 낫지 않겠니

영어단어 외우는 비법이 없나요?

외우기도 싫고
외우면 금방 잊어버리니
머리가 나쁜 걸까요
방법을 몰라서 그럴까요
단어 외우는 무슨 비법이 없나요?

선생님도 어릴 때
그런 생각을 해본 적이 있지만
아직까지 특별한 비법은
발견하지를 못 했고
몇 가지 효과적인 요령은
터득하게 되었다

무엇보다도
억지로나 의무감보다는
흥미를 가지고 자발적인 자세로
단순히 머리로만 기계적으로 반복하기보다는
눈앞에 구체적인 모습을 떠올려
가슴으로 느끼거나

잘 알고 있는 사물이나 상황과
재미있는 관련을 지어보아라

가장 중요한 것은
단어장에서 한 개 한 개를
개별적으로 외우기보다
문맥의 흐름 속에서
문장의 내용을 이해하는 가운데
단어의 의미를 유추하며
외워라

이따금 일시적으로 많은 것을
외우려 하지 말고
날마다 이를 닦는 것처럼
꾸준히 습관적으로 외워라
언어는 생활의 일부가 되지 않으면
능숙해지지 않기 때문이다

Go to the ant, thou sluggard; consider her ways, and be wise.
너, 게으른 자여, 개미에게로 가서 그 하는 것을 보고
지혜를 얻으라.
- The Old Testament -

#꼴찌에게

성적 같은 건 신경 안 써요
학교 다니기 싫은데
부모님 성화로
억지로 다니고 있죠
공부 잘하는 애들만
편애하는 샘들은
눈 마주치기도 싫고
집에 있어도 심심한데
친구들 만나
시간 때우는 게 낙이죠

언제부터 자포자기 했니?

중학교 들어오면서부터
공부는 지겨운데
부모님은 강요하고
샘들은 무시하고
열 받아서 반항하며
놀다보니까
그렇게 됐네요

하고 싶은 건 없니?

많죠 하지만 공부도
못하는 놈의 바람을
누가 들어주나요?

안 됐구나
가슴이 아프구나
말 못하고 신음하는 다수를 외면하고
소수의 우수자에만 기대를 거는
지나친 성적 위주의 교육과 문화가
어려서부터 너에게 상처를
많이 주었구나

아직 너는 젊고
앞길이 창창하니
지금부터라도 마음만 먹으면
재미있고 보람되게
할 수 있는 일은
얼마든지 있다
인생을 살아가는 데는
여러 가지 길이 있는 거니까
새로운 목표와 꿈을 가지고

도전해봐라

인생은 마라톤이니
전반부에 좀 놀았다고
좌절하지 말고
원하는 길을 향해
힘 있게 뛰어봐라

너는 어린 나이에
남다른 아픔도 서러움도 많이 겪었으니
어떤 일이든 잘 견디며 할 수 있을 거다
땀 흘려 뛰기 시작하면
새로운 의욕과 기쁨도
생기게 될 거야

My hopes are not always realized, but I always hope.
나의 희망이 항상 실현되는 것은 아니라도 나는 항상 희망한다.
- Ovidius -

#불합격자에게

힘들었지
지금은 아무와 만나기도
이야기하기도 싫을 거야
너의 허탈한 가슴 속에
서리서리 맺힌 피멍을
누가 알며 누가 위로할 수 있단 말이냐

대다수의 사람들은
합격자에게만
칭찬과 위로를 보낼 뿐
실패자에게는
싸늘한 무관심이나 무시의
시선을 보내지

사회는 무섭기까지 하다
대다수의 직장들은
소수의 합격자만 선택하고
다수의 불합격자는
관심도 대책도 없이

일회용 쓰레기처럼
버리고 만다

누가 그들의
아픈 가슴을 달래주고
장래에 대한 대책을
마련해준단 말인가
정부는 그들을 위해
과연 무엇을 준비하고 있는가

불합격자여
너무 실망하지 마라
불과 몇 점 차이로
실패한 것이니
머리가 나쁘거나
무능력하다고
자학하지 마라

하루빨리
마음을 추스르고
심기 일전 해라
누구나 살다보면

실패의 경험은 하게 마련이니까

가장 중요한 건
실패를 한 후
좌절하느냐
재기하느냐의
태도인 것이다

전화위복
새옹지마
행복의 한쪽 문이 닫히면 그 순간
다른 쪽 문이 열린다는
헬렌 켈러의 말을 되새겨봐라

When one door of happiness closes, another opens,
but often we look so long at the closed door
that we do not see
the one which has been opened for us.
행복의 한쪽 문이 닫히면 다른 쪽 문이 열린다.
그러나 흔히 우리는 닫힌 문을 오랫동안 보기 때문에
우리를 위해 열려 있던 문을 보지 못한다.
- Helen Keller -

#장래희망

장래희망이 뭐니?
어느 대학 무슨 과를
지망하려고 하니?

글세요
둘 다 정하지 못 했어요
그런 생각만 하면 마음이 무거워요
점수가 나빠
명문대학 인기학과는
쳐다볼 수도 없으니까요

점수가 도대체 뭐길래
꿈과 희망을 산산이
박살내는 것일까요?

아들아 너무 걱정마라
명문대학 인기학과를 못 간다 해도
멋진 너의 꿈을 이룰 수 있을 거야
엄마는 네가 높다란 정상을 정복하기만

바라진 않는단다
정상에서 뻐기며 남들을 호령하기보다는
낮은 언덕일지라도 힘들고 어려운 사람들을
사랑하며 도우며 살아가면 더 좋겠어

이제 무거운 짐을 털어버리고
멋진 꿈을 향해
좀 더 가벼운 발걸음으로 걸어가렴
엄마가 언제나 든든한 지원군이 되어줄 게
아무 때라도 힘들거나 지치면
엄마의 도움을 요청해라
단지 매일 매일
최선을 다하며 노력하는 거다!

The man who has the will to undergo all labor
may win to any goal.
모든 노력을 경주하며 해내겠다는 의지를 가진 자가
어떤 목적에서도 승리할 수 있다.
- Menander -

멀리 보고 높이 날아라

아들아
비록 힘들고 바쁘게
학교와 집과 학원을
맴돌고 지내지만
수시로 푸른 창공을 보며
큰 꿈을 품어라

눈앞의 문제들만
자주 쳐다보면
문제가 더 커 보이고
심각하게 보인단다

바로 밑에서 보면
크게 보이는 산도
멀리서 높은 곳에서 보면
훨씬 작아보이듯이

현재의 문제들에만 둘러싸여
한숨만 내쉬지 말고
때로는 인생의 긴 안목에서
때로는 짧은 여행이라도 떠나
문제를 바라보면
해결의 실마리뿐만 아니라
용기와 자신감도
되찾을 수 있단다

현실이 아무리 무겁고 힘들어도
큰 꿈을 잃지 말고
좀 더 멀리 보고 높이 날아라
포기하지 않는 꿈은
언젠가 반드시 이루어진다

All our dreams can come true,
if we have the courage to pursue them.
우리에게 꿈을 꾸는 용기가 있다면 모든 꿈은 실현된다.
- Walt Disney -

#하고 싶은 것의 우선순위를 정하라

꿈 많은 10대에는
하고 싶은 것이 너무 많아
잠 못 이루며
고민하기도 하고

꿈의 모델로
존경하고 동경했던
가수의 콘서트나
운동선수의 경기장에
쫓아가서
열광도 해보지만

공부에 대한
무거운 부담으로
어느 꿈 하나
제대로 실행해보지 못하고
방황하기가 일쑤지

하지만
입시지옥을 불평하거나
완고한 부모님을 원망하기 전에
하고 싶은 일의 우선순위부터
정해보도록 해라

이 세상의 그 누구도
하고 싶은 욕망을
다 이룰 수는 없는 거니까
현재 꼭 해야만 하는
가장 중요한 것부터
수년 뒤에 해도 문제가 없는
욕망에 이르기까지
순서를 나열하여

아무리 해보고 싶어도
다급하지 않은 것은
뒤로 미루거나 포기하고
현재 절실하게 중요한 것에
시간과 에너지와 정신을
몰입하도록 해라

The secret of genius is to carry the spirit of the child into
old age, which means never losing your enthusiasm.
천재가 되는 비결은 죽을 때까지
어린 아이와 같은 열정을 잃지 않는 것이다.
- Aldous Huxley -

#시간을 아껴라

시간은 간다
네가 숙제를 다 못했어도
시험공부를 다 못했어도
피곤해 지쳐 쓰러져도
봐주는 법이 전혀 없이
제멋대로 달려간다

시간을 허비했다고
지나간 잘못을 뉘우치며
아무리 목 놓아 울어도
눈도 깜빡 하지 않고
앞으로 앞으로만 달려간다

무엇보다도
오늘의 이 순간을
즐겁고 의미 있게 잘 보내라
과거의 후회나 미래의 염려 때문에
슬퍼하거나 두려워하며

방황하지 말고

자투리 시간을 잘 사용하는 것도
중요하지만
하고자 하는 일의 우선순위를 정하고
가장 급하고 중요한 것의
목표와 계획을 세우고
그에 집중하여 몰입하는 것이
최상이다

허비하지는 않아도
계획 없이 기분에 따라
이 일 저 일에 분산하다보면
한 가지도 뚜렷한 성과를
기대하기가 어려우니까

시간은 널 기다리지 않고
지금 이 순간도
총알같이 달려가고 있음을
다시 한 번 명심해라

Time and tide wait for no man.
시간은 사람을 기다리지 않는다.
- Geoffrey Chaucer -

Time flies like an arrow.
시간은 화살처럼 날아 간다.
- English Proverb -

독서가 성공을 이끈다

교과서와 참고서 읽기도
지치는데 무슨 책을 읽느냐고?

편식을 하는 사람에게
비타민처럼
정신이 지친 자에게는
마음의 양식이
긴요하단다

바쁘고 지쳤을 때라고
틈틈이 잠시라도
마음의 양식을 먹으면
피로가 회복되고
정신의 활력을 되찾을 수 있을 거다

무엇보다도
평소에 꾸준히
마음의 양식을 먹으면
영혼이 풍성하고 성숙해질 뿐만 아니라

언제나 지치지 않는 정신적 활력을
유지할 수 있단다

영혼이 성숙하면
강요나 의무감이 아니라
무엇을 위해 왜 해야 하는지
스스로 깨닫고 자발적인 자세를 취하기 때문에
같은 공부를 해도
덜 힘들고 효과적으로 하게 된다

뿐만 아니라
평범한 사람보다 지혜롭고 위대한 목표를 세워서
넘치는 정신적 활력으로
남보다 차원 높은 성공의 길을 달려가게 된단다

따라서 양서를 읽는 것은
절대 시간 낭비가 아니라
성공의 지름길을 가는 최고의 보약이 되는 것을
명심하여라

Employ your time in improving yourself by other men's writings,
so that you shall gain easily what others have labored hard for.
다른 사람들이 힘들게 노력해 얻은 것을 쉽게 얻을 수 있도록 책을 읽어
당신을 성장시키는데 시간을 사용하라.
- Socrates -

#뚜렷한 목표와 신념을 가져라

성적을 올려야 되고
원하는 대학에 가는 게
눈앞에 닥친
너의 최대의 목표가 될지 모르지만

원하는 대학은 왜 가고자 하는지
졸업한 후에 무엇이 되고자 하는지
왜 되고자 하는지도
청사진을 그려보아라

탐험가 리빙스턴은
아프리카에서 탐험을 하던 중
사자에게 어깨를 물렸을 때
주변 사람들이
이제 탐험을 그만하고
본국에 들어가서
편안히 여생을 보낼 것을
권유 받았는데

그 제안을 단호히 뿌리치고
'사명이 있는 자는
절대 죽지 않는다'는 말을 하며
힘든 탐험의 일을
계속 했다고 한다

공부를 하는 목적이나 이유에 대한
뚜렷한 신념을 갖게 되면
공부를 하는 자세도
수동적이고 의무적이 아니라
능동적이고 적극적으로 될 뿐 아니라
난관을 헤쳐 나가는
자발적인 의지와 인내심도
솟구치게 되리라

Selftrust is the first secret of success.
자기 신뢰가 성공의 첫 번째 비결이다.
- Emerson -

#창조적인 정신을 키워라

입시지옥을 벗어나
명문대학에 들어가서
대기업에 취업하려는
수많은 젊은이들이 있다

모두 다 경쟁은 치열하고
합격의 문은 좁아
대다수는 실패하고
낙담과 좌절의 고통을
겪을 수밖에 없지만

이를 아는지 모르는지
수많은 사람들은
여전히 좁다란 문 앞에
줄을 서서
걱정과 불평의 탄식을 하고 있다

실패하고도
또다시 줄을 서는
그들의 가슴 속에는
오직 이 길을 가야 성공한다는
고정관념이 박혀 있다

아들아
삶에는 수많은 길이 있고
성공에 이르는 길도
여러 갈래가 있다는 걸
명심해라

많은 사람들이 오랜 세월
인정해 온 길이
좀 더 안전할지는 모르지만
자신의 꿈을 이루기 위해
새로운 길을 가는 것도
의미 있는 선택이 될 것이다

대다수가 실패하는 경쟁의 길을
무작정 따라가려 하지 말고
새로운 발상을 하며

다수가 가지 않는 새로운 길을 개척하고자
끊임없이 도전하는
창조적인 정신을 키워라

그 길은 난관이 있는
모험의 길이 될지도 모르지만
너의 꿈을 이룰 수 있는
즐겁고 보람찬 길이 될 것이다

Man is the artificer of his own happiness.
사람은 그 자신의 행복의 기술자이다.
- Thoreau -

#용기 지수를 높여라

밤낮으로 공부에 지치고
성적에 시달리다 보면
자신감에 상처가 늘어가고
열등감이 깊어지며
미래에 대한 두려움에
휩싸여

어린 시절부터 품어 온
야심 찬 목표조차
포기하고
눈앞의 시험이나 성적에만
전전긍긍하며
불안한 나날을 보내기 쉬우니

아들아
눈앞의 현실이 아무리 어렵고
심신이 지쳤다 해도
먼 훗날의 원대한 꿈을
절대 잃지 않도록 해라

소심한 사람이
어려운 처지를 비관하며
좌절의 골짜기를 헤맬 때에도
용기 있는 사람은
어려운 처지를 이겨낼 수 있다는
자신감과 도전정신을 스스로 북돋우며
정상을 향한 발걸음을
멈추지 않는단다

실패는 있어도
좌절은 없다는 정신으로
높은 꿈의 정상을 바라보며
날마다 용기 지수를 높여라
높은 용기 지수는
긍정적이고 적극적인 생각의 습관을 만들어
성공을 정복하는 튼튼한 토대가 될 것이다

A man is not finished when he is defeated,
he is finished when he quits.
인간은 패배하였을 때 끝나는 것이 아니라
포기했을 때 끝나는 것이다.
- Richard M. Nixon -

#타이밍을 놓치지 마라

이 세상을 살며
꼭 이루고 싶은 꿈을
가슴 속에 품고 있지만
현실적인 여건이
마땅치 못해
꿈을 향한 도전을
뒤로 마냥 미루고 있지 않니?

지금은 대학입시가 중요하니까
대학에 가서는 군대를 가야하니까
제대를 해서는 취직이 급하니까
취직을 하고는 결혼을 해야 하니까

우리의 삶 속에는
이런 저런 바쁘고 힘든 일이
언제나 얽혀 있어
자칫하다간
핑계와 구실만을 대며
꿈을 잃어버리거나

포기하는 사람들이 많다

미련을 버리지 못해
뒤늦게 도전하기도 하지만
적절한 기회를 놓쳐
뜻한 바가 제대로 되지 않아
후회의 눈물을 흘리는 사람들도 있다

씨를 뿌려야 할 때가 있고
곡식을 거둬야 할 때가 있듯이
꿈을 이루는 과정에도
타이밍이 무엇보다도 중요하다

사회적인 상황은 항상 변화하며
시간은 너를 기다리고 있지 않으니
제 때를 놓치지 않도록
항상 점검하고 준비하며
꾸준히 노력해라

#기쁨 지수를 높여라

인상 좀 펴라

좋은 일이 있어야죠?
아빠는 내가 얼마나 힘든지
모르실 거예요

학교, 학원, 과외
시험, 시험, 시험
숨이 막힐 지경이라구요

네 심정은 이해가 되지만
그런 기분이 지속되면
우울의 기운이 온 몸에 퍼져
공부에 대한 의욕과 열정이
죽어버리게 된단다

맞아요
지금 제가 그런 상태인 것 같아요
모든 걸 다 그만두고 어디론가
떠나고만 싶어요

기쁨 지수를 높여라
기쁨을 되찾아야만
매사에 의욕과 열정이 살아나고
공부를 할 수 있는
강한 정신적 에너지가 생긴단다

너같이 힘든 상황에서는
가끔 기분 좋은 일이 생길 때만
수동적으로 기뻐하는 것이 아니라
작은 기쁨거리라도
적극적으로 만들거나 찾아서
기쁨을 극대화하려고 노력해야 해
수시로 좋아하는 음악을 듣든지
좋아하는 차를 마신든지
좋아하는 운동을 하든지 말야

그리고 어떤 일이라도
긍정적으로 생각하려고 노력해라
부정적인 판단은
고통과 좌절을 가져오지만
할 수 있다, 된다라는 긍정적인 생각은
기쁨과 희망을 유지시키지

컵에 물이 반쯤 남아있을 때
아직 반이나 남았구나 하고
마음의 평화를 유지하는 것이
반밖에 남지 않았다고
불안해하고 염려하는 것보다
훨씬 낫지 않겠니

A merry heart makes a cheerful countenance,
but by sorrow of heart the spirit is broken.
마음의 즐거움은 얼굴을 빛나게 하여도,
마음의 근심은 심령을 상하게 하느니라.
- The Old Testament -

#자긍심을 가져라

반복되는 시험 때문에
남과 성적이 비교될수록
자신감에 점점 상처를
입게 되어

난 지극히 평범해
크게 되기는 틀렸어
머리도 안 좋구
그럭저럭 사는 거야
이런 생각에
지배를 받기 쉽다

아들아
결코 자신을 과소평가하지 마라
조그만 일로
친구가 무시해도
화를 버럭 내며 참지 못하면서도
스스로 자신의 능력을
과소평가하는 것은
그 무엇보다도

어리석은 일이다

넌 누구보다도 소중한
이 세상에 하나밖에 없는 사람이며
누구와도 비교할 수 없는
개성과 재능을 가진 사람으로
앞으로 얼마나 훌륭하게 발전할지
아무도 속단할 수 없는
아빠의 희망이다

자긍심을 가져라
학교에서의 몇 과목의 시험으로
사람의 다양하고 무한한 능력을
제대로 평가할 수는
결코 없는 것이니
그로 인한 상처를 떨쳐버리고
너의 무한한 잠재적 능력에 대해
새로운 자부심을 가지고
당당하게 살아라

Without a rich heart, wealth is an ugly beggar.
풍요로운 마음이 없다면, 부는 추한 거지와 같다.
- Ralph Waldo Emerson -

이기주의 덫에 갇히지 마라

성적 올랐니
지면 안돼
이겨야 산다
경쟁시대다

어려서부터
이런 말을 많이
듣고 자라는 사람들은
이기주의의 덫에
갇히기 쉽단다

저마다
자신만을 앞세우고
지나친 경쟁을 하다보면
최고가 되어
기쁨과 행복을 누리기보다는
대다수가 상처를 입고
시기 질투심이 강한
냉정한 이기주의 병이
깊어지게 된단다

남보다
잘 하는 것도
이기는 거도 중요하지만
남을 존중하고 배려하고 돕는 것이
더욱 중요하다는 걸 알아야 한다

타인을 경쟁자로만 여기고
자기와 자기 가족만을
사랑하는 사람들은
개개인이 아무리 능력이 있어도
항상 서로 싸우고 갈등하는
살벌하고 무서운
사회를 벗어나지 못할 거다

각자가 이겨야 된다는 덫에 걸려
지나치게 경쟁만 하다보면
모두가 불행한 실패자가 될 수 있다는 걸
명심하여라

Do to others as you would be done.
남에게 대접을 받고자 하는 대로 너희도 남을 대접하라.
- The New Testament -

#감사 지수를 높여라

새벽부터 밤중까지
힘들고 바쁘게
공부하다 보면
조그만 문제에도
불평을 하거나 짜증이 나고

그런 생활이 지속되다 보면
스트레스는 쌓이고
정신적 활력이
점차 고갈되어
만사가 귀찮고 싫어지지

아들아
그럴 땐
어려운 나라의 청소년들을
생각해봐라
이라크나 아프가니스탄에서는
총성이 울리는데
변변한 교실이나 책도 없이
수업을 하고 있단다

그에 비하면
너는 행복한 환경에서
공부를 하는 거란다
너의 불평은 그들에게는
행복한 비명으로
들릴 거다

감사하자
여건이 어려운 사람들을 생각하며
감사 지수를 높이자
감사하면 그 자체로도 기분이 좋지만
불평할 때와는 반대로
새로운 정신적 활력이 솟아나
하고자 하는 일의
의욕적인 에너지가 된단다

#실패를 무시하지 마라

성공만을 바라보며
온갖 구애 작전으로
애태우고 잠 못 이루다가

뜻밖에 거절을 당하고
꿈에라도 만나기를 꺼리는
실패를 만나게 되면
고개를 떨구고
한숨을 쉬며
절망의 넋두리를 하게 되지

하필이면 왜 내가
이 중요한 때에
그토록 싫어하고
두려워하는 그를 만났을까
이제 내 인생은 끝장이야
앞으로 어찌 살아야 하지

하지만
너무 실망하거나 낙담하지는 마라
실패를 만났다고
모든 게 다 나쁜 건만은 아니니까

갑자기 불청객으로
찾아 온 실패는
처음엔 우리를 당황시키고
가슴을 후벼 파는 고통을 주고
삶의 의욕을 송두리째 빼앗아 가기도 하지만
자만한 고개를 겸손하게 숙이게 하고
지나온 삶을 돌아보며
잘못된 행동을 뉘우치게 하고
새로운 지혜를 깨닫게도 한단다

고통의 시간이 지나가면
새로운 용기를 불러와
이전보다 훨씬 강한 각오를 다지게 하고
불타는 도전의식으로

새 희망을 꿈꾸며
이전의 경험을 살려
전보다 훨씬 지혜롭고 노련하게
성공을 만나도록 도와주기도 한단다

To fly we must have resistance.
날기 위해서는 저항이 있어야 한다.
- Maya Lin -

#후회하지 말고 다시 시작해라

가고 싶은 대학은
한 곳도 바라볼 성적이 안 나와
가슴이 답답하고
눈앞이 캄캄하여

수업을 들어도
책을 보아도
전혀 집중이 되지 않고
지난날의 후회가
수시로 밀물처럼 들어와
마음을 뒤흔든다 해도

너무 슬퍼하거나
괴로워하지 마라
지나간 과거는 돌이킬 수 없으니
현재의 소중한 시간마저
죽이지 말고
지금 그 자리에서

다시 시작해라
먼저 마음을 비워라
과거의 좋은 성적에 대한 미련이나
노력하지 않은 후회는
다 날려버리고
입학해서
처음 시작하는 마음으로 돌아가
차근차근
다시 시도해보아라

지금 이 순간
졸업을 하고 재수를 하며
묵묵히 노력하는
수많은 선배들도 있으니
너무 초조해하거나
불안해하지 마라

If you wish to reach the highest, begin at the lowest.
가장 높은 곳에 올라가려면 가장 낮은 곳에서 시작하라.
- Publilus Syrus -

#아래를 보는 법도 배워라

공부를 잘 해야 한다
높은 성적을 받아야한다
경쟁에서 이겨야 한다
명문대학에 들어가야 한다

대부분의 청소년들은
이런 말을 들으며
성장하는 동안
남보다 위에 오르는 것이
중요하고 훌륭한 것이라는
가치관이 형성되어
항상 위를 보는 습관이
전신에 퍼져 있다

하지만 시간이 흐르며
남보다 위에 오르는 것이
어렵고 힘들다는 것을 경험하며
좌절감과 열등감이

중금속처럼 몸 안에 쌓여
자신감과 야망을 병들게 한다

하지만 많은 사람들은
지치고 힘겨워
신음하면서도
위쪽만을 바라보며
자신의 처지를 개탄한다

한숨만 쉬며
괴로워하지 말고
아래를 한번 내려다봐라

너보다 어려운 가정에서
힘들게 공부하는 친구들
장애를 가지고 힘겹게 살아가는 사람들
너보다 성적이 나빠서 고민하는 친구들
이런 저런 처지의 어렵고 힘든 사람들이
세상엔 너무나 많단다

내가 섬김을 받으러
세상에 온 것이 아니요
세상을 섬기러 왔다고
예수님은 말씀하시며
가난하고 병든 사람들을 위해
일생을 사셨다

이제 수시로 아래를 바라보며
힘과 용기를 내라
세상엔 일부러 아래를 바라보며
어려운 사람들의 손과 발이 된
위인들도 얼마든지 있단다

Just as the Son of Man did not come to be served,
but to serve,
and to give his life as a ransom for many.
인자가 온 것은 섬김을 받으려 함이 아니라 도리어 섬기려 하고
자기 목숨을 많은 사람의 대속물로 주려 함이니라.
- The New testament -

#시련은 하필이면
왜 나에게 찾아올까

나이가 먹을수록
살아가는 게
쉽지 않다는 걸 느낀다

인생에 기쁨과 행복만
가득하면 좋을 텐데
하필이면 왜 견디기 힘든 시련이
날 찾아오는 걸까?

이 세상에 그 누구도
시련이 있기를 바라지는 않지만
시련은 예외 없이
수시로 모든 사람을 찾아가
고통을 준단다
너에게만 특별히 힘든 시련이
찾아가는 건 아니야

시련은 항상 불청객처럼
우리를 찾아오지만
악마처럼 나쁜 것만을 주고
괴롭히고 파괴하지는 않는단다

때로는 지나온 세월을 돌아보며
반성하게도 하고
때로는 극복할 수 있는 인내심뿐 아니라
용기와 지혜를 주기도 하고
때로는 유익한 훈련이 되어
더 큰 능력을 얻게도 하지

우리의 바람대로 시련이 없다면
점점 게을러지고 정신력도 나약해져
목표를 이루려는 의지력마저
잃어버리게 될 거야

어떤 시련을 만나도
부정적으로만 생각하지 말고
긍정적으로 바라보며
극복하려는 의지와 용기를 북돋우면
너의 미래는 더욱 밝아지고
너의 인격은 더욱 성숙하게 자랄 것이다

Adversity makes a man wise, though not rich.
역경은 인간을 부유하게 만들진 않더라도, 현명하게 만든다.
- Thomas Fuller -

#제 남친은 성격이 좋아요

아빠
제 남친은 성격이 아주 좋아요
많은 사람 앞에서
노래도 잘 하구요
말도 잘 하구요
얼마나 웃기고 잘 노는데요

딸아
성격은 만나는 상대에 따라서
수시로 변한단다
집에서는 부모와 말도 잘 안 하는 사람이
친구들과는 무척 명랑하고
수다도 잘 떠는 사람들이 얼마든지 있잖아

누구나 좋아하는 사람 앞에서는
친절하고 예의바르고
훌륭하게 행동하려고 노력하기 때문에

만날 때 일시적으로 드러나는 성격만 보고서
그 사람의 전부를 판단할 수는 없단다

그 사람의 진정한 성품은
다양한 상황의 만남을 통해
조금씩 조금씩 숨겨진 모습을 드러내게 되므로
가족이나 친구 관계까지
상당한 기간 동안 지켜보면서
그 사람이 훌륭한 성품을 지녔는지 알아봐야 해

훌륭한 성품의 소유자는
폐쇄적인 고집이나 편견에 사로잡혀 있지 않고
타인의 생각을 받아들이려는 열린 태도로
상대의 잘못을 이해하거나 용서를 잘 할뿐 아니라
자신의 잘못을 솔직히 시인하고 용서를 구하며
긍정적인 사고방식으로
성실하고 책임감 있게 미래의 발전을 위해서
꾸준히 노력하는 사람이란다

네가 말한 성격도 좋고
아빠가 말한 성품도 괜찮다면
남친으로 더할 나위가 없겠지
하지만 그렇지 않다면
다시 생각해볼 문제겠지

On the whole women tend to love men for their character
while men tend to love women for their appearance.
일반적으로 여자는 남자의 성격을 보고
사랑하는 경향이 있는 반면,
남자는 여자의 외모를 보고 사랑하는 경향이 있다.
- Bertrand Russell -

#저만을 아껴주는
남자와 결혼할 거예요

아빠
저는 나중에
저만을 사랑하고 아껴주는 남자와
결혼할 거예요

그러면 좋겠지
하지만 너만 아껴주고
잘해주기 위해
결혼할 남자가 있을까

많은 남자들도
자신 말을 잘 듣고
많은 것을 베풀어줄
여자를 찾는단다

그러니 결혼하면
서로 자신에게 잘 하라고
충돌하고 갈등하게 되는 거야
무엇보다도

서로가 이기적인 욕심을 양보하며
사랑으로 상대의 부족함을 채우려는
자세가 필요하지 않을까

불만을 털어놓고
화를 내고 싸움을 걸기보다는
상대를 먼저 이해하고 용서하며
배려하고자 한다면
서로가 상대를 아껴주는
아름다운 사랑을 꽃 피울 수 있을 거야

그러니 언제나
상대를 먼저 존중하고 배려하는
태도를 키우려고 애써라
누구에게나 말처럼 쉬운 것이 아니니
평소에 부단히 노력하도록 하자

Marriage is three parts love
and seven parts forgiveness of sins.
결혼은 3할이 사랑이고 7할은 용서이다.
- Langdon Mitchell -

#이성교제의 3가지 필수 조건

이성을 사귈 때
가장 중요한 조건이 뭐죠?
남자들은 여자의 외모를
여자들은 남자의 학벌이나 경제적 능력을
가장 중요시 한다고 하던데요

외모나 학벌이나 경제적 능력이
상대를 선택하는데
매우 중요한 건 사실이지만
그것이 가장 결정적인
조건이 되어서는 곤란하단다

사람은 외적인 조건도 중요하지만
그 동안 살아오며 형성된
그의 인격이 가장 중요한 거야

아무리 조건이 좋아도
서로 인격적으로
공감대가 잘 이루어지지 않는다면
사랑이 싹트기도 어렵고
아름답게 키워가기도 힘들 거야

첫째는 가치관이나 인생관이 일치하여
정신적으로 공감이 잘 되는지 확인하는 게 좋아
살아가는 목적이나 방향과
중요시 여기는 것이 서로 다르다면
정신적으로 하나가 될 수 없잖아

둘째는 이야기를 나누거나
어떤 활동을 함께 할 때
정서적으로 공감이 잘 되는지 확인해 보렴
조건은 좋아도 느낌이 통하지 않는다면
행복이 깃들 수 없는 거잖아

셋째는 데이트를 하며
신체적 접촉을 하게 될 때
이성간의 야릇한 공감이 생기지 않고
어색하거나 냉냉하기만 하다면
사랑의 화학적 반응이 생길 수 없지 않겠니?

#신체 접촉은 정신적
공감보다 2배 이상 느리게

예전에 비해 요즘은
이성간에 접촉하기가
너무나 쉬워져서

인터넷이나 휴대폰을 통해
부모의 간섭 없이
언제든지 관심만 있으면
연락을 주고받을 수 있고

생각이나 행동도
자유롭고 개방적이라
만나면 쉽사리
신체 접촉을 할 수 있잖아

하지만 상대와 정신적 공감대가
형성되기도 전에
쉽사리 신체적으로
친밀하게 되면

상대를 잘 알지도 못하면서
마음으로 사랑하지도 않으면서
단지 상대의 성적 매력에 이끌려
육체적인 불장난을 하는
위험에 빠지기 쉬운 거란다

'나는 절대 안 그래' 할지 모르지만
이성간의 감정은 야릇하고 강렬해서
한순간에 이성이 마비될 수도
있다는 걸 명심하여라

만일 진실한 사랑도 없이
쉽게 만나고 쉽게 헤어진다면
말할 수 없는 고통과 허탈감이
씻어버릴 수 없는 마음의 상처를
남기게 될 거야

데이트를 할 때는 될 수 있는 대로
사람이 많은 밝은 분위기에서
대화를 나누며
상대가 어떤 품성의 사람인지

정신적, 정서적인 공감은 잘 되는지 확인해가며
신체적 접촉은
그런 공감을 만들어 가는 기간에 비해
적어도 두 배 이상 느리게
신중하게 시작하도록 해라
그러면 그만큼 네가 존중받게 되고
더욱 더 아름다운 사랑을 키워가게 될 거야

Love is not that two of them look at each other but that they
look together at the same direction.
사랑한다는 것은 둘이 마주 보는 것이 아니라
함께 같은 방향을 쳐다보는 것이다.
- Saint-Exupery -

#자기 자신을 사랑하는
사람인지 확인해라

제 남친
만날 때마다 너무너무 잘 해주고
때마다 선물도 잘 챙겨주고
평생토록 나만을 사랑할 거라고
수시로 고백해요

그런데
그 사람
너에게 헌신적으로 하듯이
자기 자신의 삶도
열심히 사랑하니?

그건
잘 모르겠는데요
오직 나에게 하는 것만
지켜봤으니까요

넌 얼마나 사랑하는지
확인하는 것도 중요하지만

그에 못지 않게 중요한 건
자신의 삶을 얼마나 사랑하고
있는지 확인하는 것이란다

삶의 목표도 뚜렷하고
그것을 이루기 위해
평소에 부단히 노력하는지
확인해보렴

왜냐하면
자신의 삶을
사랑하지 않는 사람은
타인의 삶을 사랑할 능력이 없기 때문이야

진정으로 자신의 삶을 사랑하는 사람만이
가족도 애인도
사랑할 수 있는 능력을 키웠다고
말할 수 있지 않겠니?

꿈을 향해 달려가는 10대에게

하늘의 꿈을 가진 너희들에게

외대 4학년 이지혜

노오란 개나리가, 진분홍 진달래가 빼꼼히 기지개를 펴고 있는 화창한 봄날이구나, 그저 스치는 바람에도 기분이 상쾌한 오늘, 너희는 무얼 했니?

아, 내 소개가 빠졌구나. 나는 이 대한민국에 살고 있는 수많은 대학생 중 한명이자 너희의 언니이고 누나정도 되는 사람이란다. 간단히 평범한 학생이랄까?

나도 너희들처럼 매일 같은 시간에 일어나 학교 가고, 학원가고, 야자 하던 때가 엊그제 같은데 시간이 벌써 이렇게 흘러 그때는 그토록 지겨웠던 일상이 소소한 추억과 그리움으로 묻어나는 때가 되었어. 5년 남짓밖에 안 지났는데 말이야. 훗, 웃기지?

그럴 거야, 친구들과 조잘조잘 수다 떨며 놀러 다니고, 실컷 게임하고 운동도 하고, 하고 싶은 게 얼마나 많니? 그런데도 한편으로 잔뜩 쌓여있는 많은 교과서들... 정말 마음 편히 놀지도, 하고 싶은 걸 하지도 못하며 지내는 나날들이 너무 답답하고,

심지어는 입시지옥, 이 나라에 태어난 게 후회되기까지 하고
말이야. 다 안단다.

　하지만 애들아, 너희가 지금 하고 있는 많은 고민과 걱정꺼리
를 이미 먼저 겪은 이 언니가, 누나가 너희들에게 이것만은 꼭
얘기하고 싶구나.

　나 역시, 너희들처럼 풋풋하기만 했던 그 시절에 많은 꿈과
생각을 가지고 살았어. 나름대로 공부도 열심히 했고 말이야,
진짜라고~ 훗.

　그런데 학창시절, 부모님의 사이가 안 좋아지시고, 내가 그
때 가장 소중하다고 생각했던 친구들과의 관계들, 그 외 여러
가지 일들로 학생시절 목표로 해두었던 곳에 진학하지 못하고
말았단다.

　그 당시에 나는, 왜 공부를 해야 하는지 하는 목표의식과, 또
그렇게 밤낮 아등바등하며 공부해서 무엇이 되고 싶은지 너
무 막연하게 느껴졌어. 그냥 주위를 보니 학생인 신분으로 누
구 하나 '왜' 라는 의문 없이 일률적으로 공부하고 있었고, 나도
그것을 당연하게 생각하고 있었거든. 누나가, 언니가 말해주고
싶은 것은 '목표의식'이야. 그냥 남들 하는 대로 다 똑같이 따
라 가다 보니, 내 상황이 조금만 불리해져도 나를 측은히 여기
며 연민에 빠지곤 하더라고. 내 앞에 펼쳐진 일들이 너무 큰 산
처럼 느껴졌지. 물론 지금에 와서 생각하면 별 일 아니었던 것

들도 허다하지만, 그 당시엔 그게 내 전부처럼 느껴졌거든. 그래서 그냥 그 생각을 떨치기 위해 친구들과 놀러 다니고, 이성친구도 사귀어보고, 양심에 가책을 느껴 도서관에 앉아 공부를 할 때도 잡생각에 금방 책가방을 챙겨 돌아오곤 했지.

원래 그랬던 거 아니냐고? 무슨 소리~ 이래 봬도 초등학교부터 줄곧 학급반장에 성적도 남부끄럽지 않게 나름 우수한 학생이었다고 하면 믿어줄래? 하하.

정말 처음엔 모두 내 상황들이 힘들었던 거라고, 나는 어쩔 수 없었다고 주위만 탓하였지. 하지만, 시간이 가면 갈수록 그런 시간들이 너무나 아깝고 후회가 되더라고. 한 번 뿐인 이 소중한 내 인생을 어떻게 살 것인가. 정말 처음으로 진지하게 생각해봤던 것 같아. 하나님께 진짜 간절히 기도도 해보고. 부모님과 친구, 혹 다른 어떤 것도 관여되지 않은 '나' 하나만 두고. 어떻게 살아갈 것인가에 대해서 말야.

언제까지고 부모님이 너희의 모든 것을 책임져 줄 수 없다는 것은 너희도 알겠지? 부모님 밑에서 보살핌 받으며 아무 걱정 없이 살 것 같은 날이 영원할 것 같지만, 당장에 너희가 골머리를 앓고 있는 입시 문제부터 너희 스스로 책임지지 않으면 안 되잖니?

친구문제든, 외모든 뭐든 말야. 물론 많은 응원과 사랑을 보내주시겠지, 하지만 결국에 그 산을 넘어야 하는 것은 누구도 아닌 너희 자신이야. 그래서 실패하더라도 누구를 탓할 수가 없어. 그리고 너희도 알겠지만, 정말 빠르고 또 다시는 돌이킬 수 없는 것이 시간이잖니? 그렇게 1년 후, 5년 후, 10년 후 앞으로 내 미래의 모습을 상상해보니, 훗, 이대론 안 되겠더라구. 물론, 정말 대충 적당히 평범히 살다 죽으면 되지 뭐, 하는 친구들은 내 글을 그만 읽어도 좋아.

다 똑같이 부여받은 새하얀 도화지에 정말 멋지고 아름다운 인생을 그려보고 싶지 않니?

나름 공부를 한다 했지만, 정말 전심으로 하고 있지 않다가.. 이런 것을 깨달았을 때는 이미 고3 여름이 끝나가는 무렵이었고, 그래~ 물론 입시역시 내가 원하는 만큼 점수가 나와 주지 않았어. 그래서 물론 좌절도 했지만, 그 때 여러 제도도 알아보며 편입이란 걸 알게 되었고, 나 같은 경우는 아예 편입을 할 생각으로 영어과에 들어가 버렸어. 처음엔 나와 비슷하게 공부했던 친구들이 다 좋은 대학에 입학해서 정말 자존심도 상하고, 만나기도 싫고 그랬어. 하지만 그럴수록 그 후, 나의 꿈을 포기하지 않고 다시 이루기 위해 정말 열심히 공부했단다, 그리고 지금의 학교에 편입해서 일본어와 영어 두 가지를 전공하고 있어. 이 두 언어를 한다는 게, 완전 반대의 언어라 어렵기도 하지만 나한텐 참 재미있는 공부야.^^

자, 내 이야기를 잠시 들어보니 어떠니? 물론 나에겐 이런 과정들이 필요했고 유익했지만, 그 시절 누군가 나에게 한마디 위로를 해줬더라면, 정말 내 마음을 이해해주고 나의 앞길을 진지하게 상담해 주었던 사람이 단 한명이라도 있었더라면 조금은 다르지 않았을까 생각해. 불필요한 시간을 절약할 수 있었을 거야. 나는 너희들에게 꼭 얘기해주고 싶어. 정말로, 공부가 인생의 전부는 아니란다. 하지만 중요한 것은, 너희가 정말로 좋아하는 것을 찾아야 해. 대학이란 너희의 진정한 꿈을 이루기 위한 수단이 될 뿐이지, 목적이 되어서는 안 된단다. 그런 마음만으로 진학한다면 너무나 허무할 거야. 하지만 빛나는 꿈을 갖고, 그 꿈을 이루기 위해 반드시 거쳐야 하는 과정이라면 그까짓 거 거뜬히 넘어보지 않으련?

　지금 눈앞에 있는 산이 너무나 커보여도 막상 넘고 나면 별것 아니라 생각할 거야. 누가 뭐라고 해도 너희들은 반짝반짝 빛나는 보석처럼 아름답고 소중하단다. 자기 자신을 사랑하고 가꾸도록 해. 너무 욕심내지 말고, 인생은 너희들의 것이고, 그 몫은 너희들이 뿌린 대로 거두고 노력한 만큼 대가가 있다 생각한다면 절대 부족함이 없는 생을 가질 수 있으리라 생각해. 지금의 어려움을 이겨내는 작은 노력이 밑거름이 되어서 너희들의 삶을 좀 더 풍요롭게 할 거야. 그리고 훗날 지금의 너희 모습을 돌아볼 때 참 대견하고, 뿌듯할 거야.

언니는, 누나는 확신할 수 있단다. 그러니 용기를 갖고 너희들이 가진 포부를, 젊음의 날개를 활짝 펴려무나. 파아란 하늘을 자유로이 훨훨 날고 있는 너희들을 발견할 수 있을 거야. 스쳐 지나갈 수 있는 나의 이 짧은 조언이 너희의 삶에 조금이나마 위로와 용기가 되고 보탬이 되었으면 좋겠구나. 너희들아, 오늘도 너희 곁에는 너희를 사랑하는 이들이 너무도 많음을 잊지 말고, 힘차게 파이팅! 하려무나, 나도 응원할 게.^^

- 어느 화창한 봄날, 너희들의 언니, 그리고 누나가 -

암울했던 중고교 시절

외대 4학년   김성은

어제 내가 집에 오는 길에 너희들, 중,고등학생 동생들을 봤는데, 너희들 왜 그래? 왜 그런 얼굴을 하고 있는 거야?!" 마치 세상 모든 고민을 가지고 있는 사람의 얼굴을 하고선 말이야! 교복만 벗으면 누가 너희를 고등학생으로 보겠어? 항상 어린 동생이 하나 있었으면 좋겠다는 소원을 가진 내가 너희들이 남 같이 느껴지지 않아서 괜히 속상하더라.

먼저 내 소개를 간략히 하자면 난 지금 이팔청춘 28살이고 작은 꿈을 품고 아직도(?) 대학을 다니고 있는 학생이야. 맨날 문제아라는 수식어를 달고 다녔던 내가 너희들한테 이런 이야기를 할 자격은 없지만 너희들보다 조금 일찍 그 길을 지나온 형 또는 오빠의 자격으로 마치 내 친동생에게 쓴다는 심정으로 몇 자 적어본다.

지금 너희들도 너희들 나름대로 매우 힘들겠지. 아마 세상 누구보다 힘들다고 생각이 될 꺼야. 나도 그랬었어. 새벽 4시 반에 학원 새벽수업을 듣기 위해 일어나서 수업을 마치고 학교에

7시까지 등교해서 저녁 10시에나 끝나는 자율학습을 선생님께 사정을 말씀 드리고 저녁 7시에 나와서 다시 학원 저녁수업을 듣고 11시에나 집에 돌아오는 그런 하루하루를 보냈지. 하지만 나 힘들다고 나 못해먹겠다고 누구한테도 이야기 할 수 없었어. 왜냐면 내 친구들도 모두 그렇게 살았거든 그게 당연한 것처럼. 선생님이셨고 매우 엄하셨던 아버지는 나를 만날 때마다 "공부 열심히 하고 있냐?" "너네 학교에 나랑 친한 후배 선생님이 있는데 너를 지켜보고 있으라고 했다" "무조건 열심히 해라!"라고 말씀 하시곤 했어. 아버지의 그 한마디 한마디가 미친 듯이 듣기 싫었지. 가끔 성적이 떨어지면 맞기도 많이 맞았어. 우리 아버지가 학생주임을 오래하셔서 참 안 다치게 아프게 잘 때리곤 하셨었지. 너희들 중에 나보다 더 어려운 상황에서 공부를 하는 친구들 혹은 공부를 하고 싶어도 여러 가지 사정 때문에 하지 못하는 친구들도 있겠지만, 나 그때 진짜, 죽을 만큼, 미치도록, 힘들었어. 우리 아버지는 내게도 선생님이셨지. 난 그게 너무 싫었어. 그런 삶을 보내면서 부모님과의 관계는 너무도 멀어졌고 내가 왜 이 세상에 태어났는지, 난 왜 사는지 싶더라고.

그러던 어느 날 내 인내심의 한계에 다다랐던 것일까? 나는 돌연히 집을 나왔어. 가출을 한 거야. 스스로를 부조리한(?) 현실에 과감히 맞선 영웅으로 착각하며 반복되는 일상을 억지로

버텨내는 친구들을 비웃으면서…… 비록 며칠이 못 되어 집으로 돌아왔고 엄청 맞았지만 며칠간의 자유(?)는 너무나 달콤했고 그 이후엔 조금만 힘들면 집을 나서곤 했어. 그렇게 위태위태하게 부모님과의 관계를 유지하면서 고등학교에 진학했고 나의 잦은 가출로 내게 조금은 조심스러워지셨던 부모님도 고등학생이 되니 다시 공부를 강조하기 시작했어. 고등학교 2학년 때 아버지와 나의 관계를 이어주던 작은 끈이셨던 할머니가 돌아가시고 나서 난 더 이상 집에 있을 이유를 찾을 수 없었고 방학 때 부모님 몰래 틈틈이 한 아르바이트 비를 가지고 독립을 했지. 저렴한 고시원에 방을 잡았고 혼자 살기 위한 돈을 마련하기 위해 아르바이트도 본격적으로 시작했지. 아르바이트를 통해 버는 돈으로 술도 사 마시고 마음이 맞는 친구들과 신나게 놀러 다니곤 했지. 이게 사는 거구나 싶은 생각이 들었어. 새벽까지 일을 하고 아침이 다 되어서야 잠이 들다보니 자연히 학교를 결석하는 일이 많았지만 다행히 고등학교 3학년 때 67일까지만 결석을 해서 제적 당하지 않고 졸업을 할 수 있었어. 졸업을 하고 취직을 해서 돈을 모은 후 내 가게를 내야겠다는 목표가 생겼어. 비록 지금은 부모님이 날 인정하시지 않지만 내가 취직하고 또 내 가게를 갖게 되면 언젠가 인정해 주실 거라는 작은 기대와 함께……

하지만 세상은 호락호락 하지 않더라고. 인문계 고등학교 졸업생이라는 이유로 취직을 거절당하기 일쑤였어. 난 정말 일 열심히 잘할 자신이 있는데 단지 그 이유 때문에 취직을 못하는 현실을 이해 할 수 없었어. 결국 세상에 맞선 한 소년은 패배를 시인했어. 악에 바쳐서 그랬을까? 내가 이 더러운 세상을 바꾸겠다고 그러기 위해서 그럴 수 있는 위치에 먼저 오르겠다고 다짐을 했지. 그래서 일단 대학을 가야겠다는 생각으로 재수생활을 시작했어. 정말 누구보다 열심히 공부했어. 나의 재수생활을 지원해주시는 대신 부모님은 나를 스파르타 재수 학원에 등록시키셨고 고등학생 때보다 더 많이 맞으면서 이를 악물고 공부했지. 공부? 할만 하더라고. 꾸준히 성적이 올랐고 나름 재미를 느끼기도 했었어. 하지만 내 재수생활에는 결정적인 무언가가 빠져있었어. 그건 바로 내가 무엇을 하고 싶은지, 무엇이 되고 싶은지에 대한 구체적인 생각이 없었다는 거였어. 하지만 그런 생각을 하고 있을 여유 따윈 내게 없었어. 남들이 6년을 해온 공부를 1년 안에 해내야 했기 때문에. 그렇게 전교 꼴등수준이었던 내가 수능을 치룬 후에 400만점에 359이라는 대업을 이루어냈어. 물론 내가 수능을 보는 그 시기에 시험이 매우 쉬웠지만 말이야. 서울에 있는 대학만 가면 된다는 생각을 하고 있던 나는 나름 내 점수에 만족했었고 학원에서는 합격하면 수기를 써달라고 부탁했었어. 모든 일이 잘 되어 가는 느낌이었어.

여기서 내가 적당한 대학교에 입학해서 잘 살았다며 이 편지를 마치면 좋겠지만! 참 인생이 내 뜻대로만 되는 건 아니더라고. 구체적인 목표가 없던 나는 그냥 학원에서 쓰라는 대로 원서를 넣었고, 점수보다 많이 낮추어 지원한 대학도 있었기에 합격은 당연한 것이라고 생각하고 있었어. 하지만 내신이 발목을 잡았지. 결석 67일에 내신 최하등급, 물론 그때는 내신이 지금만큼 중요하지 않았어. 어쨌든 난 4년제 대학 진학에 실패했지. 부모님께 너무나 죄송한 마음과 끝 모를 좌절감에 사로잡혀 멍하게 시간을 보냈지. 그런 나를 다시 일으켜 준 사람은 다름 아닌 어머니였어. 나만큼 아니 나보다 더 속이 상하셨을 텐데 참 지지리도 말 안 듣는 아들이었을 텐데 평소에 그러시지 않는 분이셨는데, 그날따라 매우 진지하게 내게 말씀하셨지. "아들아, 엄마는 아들이 최선을 다하는 방법을 배운 것만으로도 1년간의 재수 생활이 큰 의미가 있었다고 생각한다. 이제 아들이 정말 이루고 싶은 꿈을 찾고 그 꿈을 위해 지금과 같이 최선을 다한다면 분명히 길이 열릴 거야, 그러니 힘내." 할머니가 돌아가실 때도 눈물이 안 나던 나였는데…… 그날 난 몰래 실컷 울었어. 물론 그 이후에 낼 삶이 항상 잘 풀렸던 건 아니었지만 그래도 난 항상 꿈을 꾸었고 그 꿈을 위해 최선을 다했고 그 과정을 통해 조금씩 성장해가는 내 자신을 느껴.

난 지금 한국외국어대학교에 편입을 해서 좋은 세상을 만들

어 보겠다는(?) 어린 아이와 같은 생각으로 외교관이라는 새로
운 꿈을 꾸며 살고 있어. 고시를 하기엔 나이가 너무 많다는 주
변의 우려의 목소리가 많지만, 안정적인 직장과 명예를 얻기
위한 도전으로 오해를 받는 일도 많지만, 뭐 어때? 내가 아니면
됐지. 비록 지금 고시를 준비하는 과정이 때론 너무 외롭고 힘
들지만 또 한 발짝 물러나서 생각해보면 내 꿈을 위해 노력하
는 내가 대견스럽고, 이렇게 내가 내 꿈을 위해 노력할 수 있게
물심양면으로 도와주시는 부모님과 날 위해 항상 기도해주는
많은 친구들이 있다는 게 너무 감사하고 힘들기만 한 고시 생
활도 나름 즐거울 수 있는 거 같아.

　너희들도 지금 공부하느라 매우 힘들겠지. 때론 실패할 게 두
려울 거고 뒤쳐지는 기분 때문에 스스로에 실망할 때도 있을
거야. 하지만 주어진 상황에서 최선을 다한다면 언젠가 지금
의 노력이 결실이 맺는 날이 온다는 걸 믿어봐. 공부 잘 하는 친
구들이 부럽니? 어쩔 수 없어. 그 친구들은 그걸 위해 더욱 노
력해 온 아이들이니깐. 나도 고등학교 때 그 친구들이 부러웠
지만 그 친구들도 내가 부러웠을 거야? 왜냐고? 난 공부는 못
했어도 누구보다 즐겁게 노는 법을 알았었거든. 우리에게 주어
진 시간은 똑같아 다만 그 시간을 무엇을 위해 사용하느냐에
차이일 뿐이야. 그냥 남들이 다 하니까…… 부모님이 원하시니
까…… 라는 태도로 임하면 그 과정이 너희들에게 너무 큰 짐

이 될 거 같아. 왜 공부를 해야 하는지? 스스로에게 질문을 해 봐. 물론 그 답을 찾는 게 쉽진 않겠지만 말이야.

너무 힘이 들어 아무것도 할 수 없으면 주변 사람들에게 도움을 청해. 도움을 받는 것에 대해 부담을 느낄 필요도 창피해 할 필요도 없어, 나중에 너희들이 그 위치에서 도움을 필요로 하는 사람들을 도와주면 되는 거니까. 그리고 그 무엇보다 너희 자신을 믿었으면 해. 남들이 가지 않는 길, 남들이 꺼리는 길이라 할지라도 그 길이 너의 길일지도 모른다는 의문이 든다면 과감히 발을 들여놓아봐. 설사 그 길이 결국은 너의 길이 아닐지라도 그 경험은 분명 너에게 큰 도움이 될 거야. 이건 내가 감히 장담 할 수 있어.

이제 이 편지를 끝낼까 해. 많이 부족한 글이겠지만, 내 진심을 담아서 쓴 글이니 너무 욕하진 말아주길! 이 글이 눈꼽 만큼이라도 너희들에게 도움이 되길 바라면서 이만 줄일 게. 힘내라 애들아!

지금 알고 있는 걸 그때도 알았더라면

외대 3 학년 윤희경

학교 수업을 마치고 집에 가는 길에 우연히 작은 서점에 들 렀습니다. 따뜻한 봄기운 때문이었는지 왠지 모르게 저를 위한 선물을 사고 싶었거든요. 딸랑 거리는 서점 문을 열고 들어가 무슨 책을 볼까, 한참을 고민 했어요. 그러던 중 눈에 띄는 책 제목이 있어 시선을 멈추고 책을 집어 들었습니다.

'지금 알고 있는 걸 그때도 알았더라면'

정말 가슴에 와 닿는 제목이었어요. 첫 장을 넘기고 글을 읽 기 시작했습니다. '지금 알고 있는 걸 그때도 알았더라면 내 가 슴이 말하는 것에 더 자주 귀 기울였으리라. 더 즐겁게 살고, 덜 고민했으리라. 내가 가진 생명력과 단단한 피부를 더 가치 있 게 여겼으리라.' 글을 읽고 저는 그 자리에서 고등학교 시절 추 억에 잠겼습니다. 아마도 그때가 제 22살 인생에서 가장 후회 되는 시기였기 때문인가 봅니다.

저는 솔직히 고등학교 시절이 그리 즐겁지만은 않았어요. 매 일 똑같이 반복되는 일상과 좀처럼 오르지 않는 모의고사 성적, 거기에다 늘어만 가는 체중 때문에 스트레스로 가득한 일상을 보냈지요. 무엇 하나 마음에 드는 게 없었어요. 대학은 가야겠는데, 이 대학이란 것이 제 인생에 어떤 의미를 가져다줄지도 확신하지 못했어요. 저는 다만 공부를 하는 것이 저를 더 행복하게 해줄 것이란 막연한 생각만 가지고 맹목적으로 공부했답니다. 몇 년 동안의 공부 끝에 저는 대학에 입학할 수 있었지만 입학을 하고 나니 모든 게 끝났다는 생각이 들었어요. 그리고 그 생각이 저를 끝없는 게으름 속으로 몰아넣었습니다.

그렇게 불행했던 시간들이 지나고 이제는 대학교 3학년이네요. 지금 돌아보니 제 학창시절은 제가 이끈 시간이 아니었네요. 남들이 요구하고 꿈꾸는 것으로 제 인생을 채워 갔던 거예요. 저는 꿈 없는 목표달성이 저를 행복하게 해주지 못한다는 것을 깨달았습니다. 만약 제가 그 당시에도 이러한 것들을 알고 있었더라면 더 행복한 학창시절을 보낼 수 있었을 텐데 말이죠.

삶을 살아가는데 있어서 중요한 것은 참고서에 나오는 핵심정리들이 아니라 인생의 방향을 설정하는 것입니다. 높은 지위와 학벌을 동경하느라 진정한 인생의 의미와 행복을 놓치는 실수를 범하지 마세요. 책상 앞에서 머리 싸매고 참고서를 외우기 전에, 이 모든 과정에 큰 방향을 설정하고 또 인생을 그려나가세요. 우리가 원하는 것은 높은 점수가 아니라 행복한 인생이니까요.

　지금 살고 있는 현재도 내일이 되면 과거가 되겠죠. 그럼 그때에는 '지금 알고 있는 걸 그때도 알았더라면' 의 탄식이 아니라, '그때의 기억 때문에 지금 너무 행복해!' 라는 즐거운 비명을 외쳤으면 좋겠습니다.

과정을 즐기는 사람이 되라

시립인천전문대학 3학년 황서영

안녕하세요. 저는 현재 24살 대학생 황서영이라고 합니다. 이렇게 서면을 통해서라도 만나 뵙게 되어 반갑습니다.

여러분 요즘 공부하시느라 많이 힘드시죠? 정말 수고가 많으세요. 저 역시 여러분과 같이 초·중·고등 교육을 받고 저의 꿈을 이루기 위해 조금 더 공부에 욕심을 내고 있는 학생입니다. 공부라는 것이 쉽지 않죠. 내가 왜 공부를 해야 하는지, 내 인생에 공부라는 것이 정말 필요한 것인지, 내가 제대로 하고 있는지 머릿속이 많이 복잡하실 것 같습니다. 저 역시 그런 생각을 한 학창시절이 있기 때문에 여러분의 마음을 십분 이해합니다.

어른들께서 누누이 하시는 말이라곤 '공부 공부 공부', 여러분의 꿈이 무엇인지 꿈을 위해 어떻게 노력해야 하는지를 구체적으로 묻지 않으십니다. 오직 "공부해서 좋은 대학만 들어가라" 이런 말씀에 정말 답답함을 느낍니다.

그들의 말에 조금은 벗어날 필요가 있습니다. '나'라는 사람을 생각해 봐야 할 것입니다. 아버지, 어머니 그리고 선생님이 여러분의 인생에 도움이 될 순 있습니다. 하지만 그들의 선택에 맞출 필요는 없습니다. 나의 선택에 책임을 질 수 있도록, '나'를 위해 무엇을 해야 하는지 생각해 볼 때입니다. 내가 진정하고 싶은 것을 위해 노력해야 합니다. 뚜렷해지세요. 목표가 뚜렷해지면 공부는 비타민이 될 것입니다. 그리고 노력은 거짓말 하지 않습니다. 내가 목표한 성적이 안 나왔다고 좌절하실 필요는 없습니다. 더구나 옆 친구와 비교할 필요도 없습니다. 지금하고 있는 노력에 1%만 더 노력해 보세요. 그리고 조금씩 욕심내세요. 분명한 것은 노력은 결코 나를 배신하지 않는다는 것입니다. 인생은 내가 스스로 선택하고 책임지는 것입니다.

주어진 공부의 기회를 여러분은 지금 선택하신 겁니다. 공부든 그 외의 모든 것에 대한 포기란 내 인생도 함께 포기하는 것임을 기억하셔야 합니다. 공부란 나를 끊임없이 변화할 수 있도록 해주는 가장 큰 사회의 선물입니다. 기회는 자주 오는 것이 아닙니다. 지금이 아니면 그 가치도 떨어집니다.

지금 이곳에 있는 나의 존재를 생각해 보세요. 나는 분명 쓸모 있기에 이렇게 살아 있는 것입니다. 지금 현재를 즐기세요. 그리고 예전의 나의 모습은 잊으세요. 과거를 치유하고 현재에 살며 미래를 꿈꾸어라. 작가 마리 엥겔브라이트의 말입니다. 제 좌우명이기도 하지요.

하루하루가 경쟁의 연속이라 말하는 이들이 있습니다. 하지만 저는 제 인생을 남들과 비교하여 경쟁하는 것이 아니라 내 삶의 과정을 즐기는 것이라 말하고 싶습니다. 내 길을 향한 노력의 여부는 나만 아는 가장 큰 세상의 비밀입니다. 목표를 향해 가는 지금의 과정을 즐기세요. 우리는 무한한 잠재력을 가지고 있습니다. 그 잠재력을 이끌어내기 위해 노력하는 사람은 반드시 이뤄낼 수 있습니다. 여러분 파이팅 하세요.^^

자신만의 목표를 세워라

외대 언론정보학과 4 학년   이서하

제 소개를 간단히 하자면, 이름은 이서하이고 올해 졸업 예정인 한국외국어대학교 4학년입니다. 2006년에 저는 방문학생으로 토론토 요크 대학교에서 처음 공부를 시작했으며, 방문학생의 기간이 끝난 후 2007년 가을학기부터는 정규학생으로 편입하여 미술과 문화를 공부하고 있습니다. 한국에서 3학년까지 마쳤기 때문에 그 곳에서도 많은 학점을 인정받아 내년에 캐나다 대학교를 졸업할 예정입니다.

여기까지 간단한 저의 소개였고, 대학교를 졸업하는 시기를 앞둔 시점에서 내가 다시 중,고등학생으로 돌아간다면 이렇게 하면 더 좋았겠다는 약간의 후회와 앞으로의 다짐에 대해 몇 자 중고등학생인 너희들과 어른이 된 저를 위해서도 적어볼까 합니다.

어떤 일을 남들이 하고 있다고 해서 하지 말고, 자신이 필요하다고 느껴 하십시오. 한국 사회에서는 심지어 성인도 남들이 다 하고 있는 무언가를 하고 있지 않으면 불안해하는 경향이 있습니다. 제가 십대일 때도 그랬습니다. 저희 부모님은 자녀 교육에 관심이 많으신 분이셔서, 저와 저희 언니는 수학, 영어, 과학, 국어와 같은 과목 과외를 많이 받았고, 방과 후 친구들과 함께 학원에 가기도 했습니다.

그 당시에 솔직히 말하자면 방과 후 학원 수업들을 다른 학우들도 하기 때문에 하였습니다. 소수의 몇몇 학생들만 학원에 가지 않고 스스로 공부하였습니다.

내가 들었던 모든 수업들이 헛된 것이었다고 생각하지는 않습니다. 여기서 말하고 싶은 건 모든 과외들이 나에게 유익하진 않았다는 것입니다. 나는 친구들을 따라하면서 불안해하지 않기 위해 많은 시간을 낭비하였습니다.

중고등학교 시기는 무한한 가능성을 가지고 있으며 인생에서 자신만의 진로를 만들어나가는 중요한 시기입니다. 제가 만약 십대라면 부모님의 도움을 받아 내가 필요한 것을 하도록 계획할 것입니다. 십대로서, 어떤 일을 결정하기 전에 부모님의 말씀을 들어야 하는데 그들은 당신을 위해 친구들 보다 훨씬 더 현명한 조언을 주실 수 있기 때문입니다. 그런 다음, 당신의 꿈을 실현시키기 위해 지금 무엇을 해야 하는지 생각해 보십시오. 그 계획을 실천에 옮기면, 자신 주관 없이 다른 학생들을 따라하는 학생보다 효과적으로 그리고 자진해서 모든 일을 할 수 있을 것입니다.

　나와 당신들을 위해 22년 경험을 바탕으로 한 미래의 다짐은 항상 인생의 목표를 세우라는 것입니다. 앞 서 말했듯이, 자신이 필요한 것을 찾기 위해서는 인생의 목표가 절대적으로 있어야 합니다.

　저의 경우에는, 외국어 공부를 좋아했기 때문에 항상 해외에서 공부하는 것을 꿈꿔왔습니다. 저는 외국인을 위한 언어수업은 듣고 싶지 않았고, 제 자신을 업그레이드하기 위해 원어민들과 함께 수업을 듣고 그들과 경쟁하고 싶었습니다. 저는 유학생의 비싼 등록금으로 부모님의 돈을 낭비하고 싶지 않았기 때문에 한국 대학교에서 교환학생으로 해외에서 공부하겠다고 계획하였습니다.

　꿈을 실현시키기 위해, 여러 학교의 정보를 모으고, 토플 점수를 따고, 제가 가고 싶은 지역의 여러 상황에 대해 아는 등과 같은 노력을 기울였습니다. 힘든 노력 끝에 저의 목표는 실현되었습니다. 저는 그 당시 매우 행복했지만, 더 나은 미래를 위해 좀 더 발전된 목표를 계속 만들어 갔습니다.

　저의 친구 중 한 명은 언젠가 중국에서 일하는 것이 꿈이어서 중학교 때부터 중국어를 수년 간 공부해왔습니다. 그래서 한국에 있는 대학교에서 중국어과를 졸업하고 지금은 중국에서 일하는 중입니다.

　중고등학교 시절에 목표를 갖는 것은 아무 주관도 없이 다른 친구들이 하는 똑같은 일을 따라하지 않도록 하기 때문에 필수적인 일입니다. 저는 그 목표가 반드시 구체적이어야 한다고 생각하지 않습니다. 왜냐하면 어린 나이에 구체적 목표를 세우는 것은 어려운 일이며 또한 바람직한 일도 아니기 때문입니다. 제가 의미하는 바는 폭넓지만 개인적인 목표를 가지는 것은 인생의 진로를 정하는데 확실히 도와줄 것이라는 말입니다.

모든 사람들은 다른 상황과 성격을 가지고 있기 때문에 바람직한 중고등학교 시절에 대한 절대적인 답은 없습니다. 저는 단지 중고등학교 시절에 대해 가지는 후회와 다짐에 대해 경험을 통해 얻을 것을 간단히 적었을 뿐입니다. 저의 편지를 읽은 후 당신이 무슨 다른 일을 하기 전에 지금 시간을 어떻게 보내고 있는지 그리고 미래를 위한 목표를 세우길 바랍니다. 그런 다음 그 꿈을 위해 무엇을 해야 하는지 간단한 리스트를 적어보십시오. 평소에 이 일을 계속해서 한다면 인생에서 중요한 시간을 낭비하는 일이 없을 것입니다.

Set Up One's Own Goal

Seo Ha Lee Broadcasting and Information Studies

Let me introduce myself briefly, my name is Seo Ha Lee, in the forth year in the Hankuk University of Foreign Languages and will graduate this summer. I started to study in Toronto, York University as a visiting student in 2006 and after that period I transferred the same university as an undergraduate student of Fine Arts and Cultural Studies. Since I had finished the third year in Korea, many credits from Korea could be admitted so fortunately, I am supposed to graduate the Canadian University next year, 2009. This is a short story of myself.

At this point of time, I would like to write a few words about a bit repentance of my middle and high school times and my resolution for both you as teenage students and me as an adult.

Do not do anything not just because others are doing but because you need to. In Korean society, many people, even adults tend to feel uneasy if they do not do anything that others are doing. It also happened to me when I was a teenager. My parents were so solicitous for their children's education that my sister and me took many lessons in subjects including mathematics, English, science and the language and also went to private institutions with friends after school.

At that time, honestly I did these academic lessons during after-school hours because other classmates also did that. A few students did not go to private institutions and studied by themselves.

I do not think all lessons I took were useless. What I mean to say is not all of them were useful to me. I wasted much time not to be anxious as following my friends.

Middle and high school years are important periods, which have unlimited possibilities and build personal pathways of entire life. If I were a teenager now, I would rather plan what I need with help of my parents.

As a teenager, before you decide to do something, you should listen to your parents' words because they can give way wiser advice than friends for you. Then consider about what you need to do now to make your dream come true. Practice your plan then you can do everything more effectively and willingly than those who just come after others without their own subjectivity.

My resolution based on 22 years of experience for both you and myself is always set the goal of life. As I told you before, to find out what you need you must have personal object of life.

In my case, I always dreamed of studying abroad because I like to study foreign languages. I did not want to take just language course for foreigners but want to have class with native speakers and compete with them in order to upgrade myself. I did not want to waste lots of parents' money for expensive tuition for international students. So I planned to study abroad as an exchange student from a Korean university. To make dream come true, I made a lot of efforts such as collecting information of various schools, getting TOEFL score and getting to know circumstances of the area I wanted to go. After hard endeavor, my goal came true. I was happy at that time but I have kept making advanced goals for better future.

One of my friends wanted to work in China in the future. So she has studied Chinese for several years since she was a middle school student. Therefore, she graduated from university as a Chinese major in Korea and she is working in China now.

Having a personal goal is essential during middle and high school years because it prevents you from doing the same thing as your classmates without subjectivity. I do not think it should be specific because it is difficult to set a specific goal at early age and it is not also recommendable. What I mean is that having broad but personal dream will definitely help you build up your pathways of life.

Everybody has different cases and characters. So there is no absolutely desirable answer to the middle and high school ages. I have just written briefly about my repentance about middle and high school period and resolution which I took a lesson from the experience.

After reading my letter I hope that before you would do something, you should reconsider how you spend time now and set up the goal for the future. Then make a simple list of what you have to do for the dream. If you usually keep doing this, you will not waste your precious time of life.

그토록 갈망하던 자유가 생기니 깨닫는 구절, '모든 순간이 꽃봉오리인 것을'

29세 직장인 강보라

'나를 찾아 떠나는 여행', 그런 걸 해 보고 싶어요. 나는 이 세상 가장 조용한 곳으로 도망치고 싶어요. 나란 사람은 누구인지, 난 이제 어떻게 살아야 할지 깊이깊이 생각해보고, 어떤 사람을 만나도 나를 지킬 수 있는, 어떤 사건을 만나도 이겨낼 수 있는 힘이 있는지 확인해보고 싶어요.

정말이지 제발 그러고 싶어요. 아무도 없이 나 혼자, 외롭게 떠나서, 많이 커서 내 가슴 가득 뿌듯함을 안고 돌아오고 싶어요. 나 이대로 두면 폭발할 것 같아서 그래요. 머리가 터지고 가슴이 터지고 눈물이 터질 것 같아서 그래요. 왜 내 맘을 몰라주나요. 나 좀 보내주세요. 제발.

안녕. 내가 사랑하는 10대 시절을 보내고 있는 동생들아!

나는 고등학교를 졸업한 지 10년이 지난 29살, 적당한 직장에서 그럭저럭 행복하게 살아가고 있는 청년이야. 너희에게 내 이야기를 할 수 있다는 게 참 설레인다. 나의 이야기를 재미있게 읽고 뜨겁게 느끼길 바라며 글을 시작해볼 게.

최근에 집 정리를 하다가 10대 시절에 썼던 노트를 발견했어. 이 글 서두의 내용이 그때 적은 거였는데, 아마 선생님이 없는 야자시간(야간 자율학습 시간)에 적었던 내용 같아. 이 책에서 말하고 있는 많은 주제들처럼, 나 역시 자유를 정말 갈망하고 학교를 감옥처럼 답답하게 여겼었구나 싶어. 오랜만에 그 노트를 보니까 하루빨리 어른이 되어서 자유를 누리고 싶었던 그때의 내 마음이 기억났어. 시도 있고, 편지도 있는 걸 보니 어떻게든 내 마음을 표현하길 원했구나 싶어.

과연 내가 감옥에 갇혀있다고 느낄 만큼 불행했을까? 아니, 그건 아니었어. 항상 반장, 전교 부회장 같은 임원을 도맡아 하고 부모님께도 자랑스러운 딸이었어. 선생님들 말씀도 잘 듣고 친구 관계도 좋았던 평범한 학생이었지. 그런데 저런 내용이 적혀 있는 거야.

고등학교 졸업한 지 10년이 지난 지금 생각해보면, 친구들과 신나게 놀고 선생님께 칭찬받던 기억, 남자친구와 애절하게 연애하며 드라마 여주인공이라고 생각했던 그런 재미있는 기억만 남아 있어. 그런 줄로만 기억하고 있었는데, 최근에 다시 그 노트를 보고 무척 놀랐어.

그때의 나는 '여유 있게, 즐겁게' 그 시절을 보내기보다는 '힘겹고 버겁게 한걸음씩 걸어가던 아이였구나' 생각하게 되었어.

그랬던 내가 안쓰럽고 귀여워서 웃음이 피식 나오는데, 나는 또 10년 뒤에 40이 된 내가 지금 30살이 되어가는 나를 추억할 때도 피식 웃게 되겠구나 싶어.

10대 때는, 대학만 가면 행복하고 자유롭고, 미치도록 즐거울 것 같았어. 대학에 가니 넉넉지 않은 용돈으로 살아가게 되었고, 그러다보니 늘 쪼들리지 않고 돈을 써보고 싶다는 마음이 생겼지. 그래서 취업해서 내 월급에 100만원 이상 꾸준히 들어오면 더 이상 바랄 게 없을 것 같았어. 그런데 또 취업을 하고 보니, '다른 친구들처럼 조금 더 좋은 조건의 회사로 가야할까? 이 일은 내가 평생 하기에도 괜찮을까?'라는 고민이 생기고, 지금 나는 또 이런 생각을 해. 결혼만 하고 나면 정말 행복할 것 같다고 말야.

결혼을 못할 만큼 내가 못나거나 부족해서가 아니라 나는 좋은 아내가 될 만한 예쁘고 참한 아가씨가 된 것 같긴 한데, 그냥 막연히 남아있는 숙제가 또 나를 고민하게 만들어. 아마 결혼하면 난 또 그럴 거야. 아기를 잘 낳아서 예쁘게 키우고, 부모님께 효도하는 딸이 되길 바라며 새로운 고민을 하는 나를 발견하고 있겠지.

많이 살지는 않았지만, 너희보다 10년을 더 산 내가, 그동안의 나를 돌아보며 진짜 따끈따끈한 행복은, '바로 이 순간'인 것 같아. 사람은 참 간사하고 연약하니까. 자신이 제일 불행하다고 느끼면서도, 또한 자신이 제일 잘나간다고 믿고 싶어 하는 것 같아. 내가 못한 것에 대해서는 합리화하고 내가 잘 한 것에 대해서는 더 인정하면서 말야. 그런데 내 고민의 역사를 봐봐. 그 고민의 이유가 다를 뿐, 고민이나 고통에 대한 용량은 비슷한 것 같아.

그렇기에 이제 내가 얻을 수 있는 가장 좋은 결론은, '지금 이 순간'을 감사하고 즐기는 게 아닐까 싶어. 이 세상에서 가장 큰 부와 명예, 수많은 여인들을 가졌던 솔로몬 왕이 다 누리고 내린 결론이 '헛되고, 헛되고, 헛되도다.'였잖아.

결국 지금 죽을 것 같다고 생각하며 이를 악물고 버티고 있는 고통도 이렇게 시간이 지나고 나면 별 것 아니었구나 싶을 수 있고, 정말 소중한 줄 모르고 넘어간 아주 사소한 것들이 나중에 다시 돌아보면 눈물 나게 따뜻하고 고마웠던 누군가의 배려였던 것을 깨닫기도 할 테니까. 그래서, 나는 이글을 읽고 있는 네가 지금 이 순간을 소중하게 여기며 행복을 찾아가길 바랄 게.

나는 어제 마음이 통하는 친구들과 같이 살려고 독립을 했어. 지금도 정리할 짐이 산더미인데, 참 여러 아리송한 기분이 들어. 어릴 때 꼭 크면 같이 살자고 말했던 우리의 소원이 이루어지는 순간인데, 떠나는 나를 위해 밤새 짐을 싸주고, 이 짐에는 이런 게 들어있다고 사소한 메모지 한 장 한 장도 챙겨주신 엄마, 아빠를 생각하면 눈물이 나서 다시 들어가고 싶기도 해.

　이런 걸 보면 매순간 자신이 내리는 마음의 판단이 중요한 것 같아. 누구나 태어나고, 죽게 되는 한번 뿐인 인생을 살아가는 데, '이 순간'을 살아가고 있는 사람들의 마음은 다 다르니까 말이야.

　나도 이렇게 어른이 다 된 것처럼 말하고 있지만, 나는 알고 있어. 또 금방 작은 일을 큰 일처럼 여기며 안절부절 하고, 지나고 나면 아무 것도 아닐 일에 욕심 부리고, 상처받을 거란 걸.^^ 하지만 그만큼 나는 또 마음이 고스란히 느껴지는 쪽지 한 장에 눈물 흘릴 수 있는 여유가 생겨서 행복하고, 당장 아침상을 차려줄 엄마가 없지만 콘푸러스트로 아침을 때우며 엄마의 희생적인 값어치를 더 묵직하게 느끼게 되겠지.

　난 이런 내가 좋아. 자라고 있는 내가 좋고, 또 넘어지고 또 일어설, 또 원망하다 또 감사할 이런 내가 사랑스러워. 너도 그러면 참 좋겠어.

　아래의 시는 그런 내 마음이 잘 담겨있는 유명한 시야. 이 시도 우리는 날이 갈수록 묵직하게 느끼게 되겠지. 이 책을 어떤 마음으로 펼쳤을까 싶은 사랑스러운 네가, 어떤 상황에 처해 있든 이 순간의 행복을 놓치지 말고 즐기며 마음도 몸도 건강하길 응원할 게!

〈그 꽃〉

내려갈 때 보았네
올라갈 때 보지 못한

그 꽃

현실에 타협하지 말고 꿈을 향해 도전하라

인천해사고 교사 강선미

이제 30대 중반을 넘어선 사람이 10대들에게 무슨 말을 할 수 있을까? 고민을 많이 했어! 나는 10대 때 어떤 고민을 했던가, 무슨 생각으로 살았을까 기억해보면 그저 하루하루 정해진 틀에서 다람쥐 쳇바퀴 돌 듯 살았던 것 같다. 꿈! 비전! 목표! 물론 그런 것들이 나에게 있었지만 그걸 위해 발버둥치기보다는 현실에 맞춰 내 꿈을 조정했던 거 같다. 사람들은 이렇게 이야기 하지.

"꿈이 있으면 실패를 해도 다시 일어날 수 있단다. 꿈이 없는 사람은 작은 실패에도 그냥 주저앉고 말아. 하지만 꿈이 있는 사람은 설령 실패한다 하더라도 다시 일어나서 목표를 향해 나아갈 준비를 하지. 왜냐하면 꿈은 사람의 심장을 뛰게 하는 힘이 있기 때문이야."

하지만 그 꿈을 꾸기에는 우리의 현실이 녹록치 않은 것도 사실이구나. 너희는 어떤 꿈을 가지고 있니? 부디 우리 세대처럼 현실에 타협하는 꿈이 아니라 정말 네가 하고 싶고 원하는 꿈을 꾸고 그걸 위해 달려가는 사람이 되기를 바래. 너만을 위한 꿈이 아니라, 너의 꿈을 통해 다른 사람들에게 유익을 끼칠 수 있는 그런 꿈을 꾸길 바란다. 꿈을 이루는 과정에서 수반되는 시련과 실패는 중간에 주저앉고 싶게 만들지만, 이는 꿈을 더 크게 이루어 낼 수 있도록 너희의 심신을 단련시키는 역할을 한단다. 그러니 도전하여 포기하지 않길 바래.

"Boys, be ambitious for Christ!"
- 윌리엄 클라크(William S. Clark)

10대들아,
너희 꿈을 응원한다

초판1쇄 2018년 5월 14일

지은이 ㅣ 김완수

펴낸이 ㅣ 채주희

펴낸곳 ㅣ 해피 앤 북스
　　　　서울특별시 마포구 신수동 448-6
　　　　TEL : 02-323-4060, 02-6401-7004
　　　　FAX : 02-323-6416
　　　　E-mail : elman1985@hanmail.net
　　　　www.elman.kr

출판등록 ㅣ 제 10호-1562(1985.10.29.)

값 11,000원

ISBN 978-89-5515-630-0(13810)